JN131517
やたらと察しのいい俺は、毒舌クーデレ美少女の小さなデレも見逃さずにぐいぐいいく2
ふか田さめたろう
ILLUST. ふーみ

せいぜいその足りない頭を使って、
私の美貌を褒めちぎりなさい

★白金小雪

特別。あなたにも食べさせてあげるわ
（うわあ……今日一番恥ずかしいかも……）
★笹原直哉

ほどよく柔らかな弾力と、
薄い布地の感触。
おまけに甘い匂いもする。
「あら、起きたの」

CONTENTS

やたらと察しのいい俺は、毒舌クーデレ美少女の小さなデレも見逃さずにぐいぐいいく 2

ふか田さめたろう

GA文庫

カバー・口絵　本文イラスト

ふーみ

PROLOGUE プロローグ

小雪《こゆき》が小学校の図書室を出たとき、ちょうど空が泣き始めた。

朝から灰色の雲が空を覆《おお》っており、日中はなんとか持ったものの、放課後が我慢の限界だったらしい。雨はあっという間に本降りとなった。

遠くの方からはかすかな雷の音も聞こえてくる。

『わあ……すごい雨ね』

校庭には大きな水たまりができて、霧が出たように景色がかすむ。太陽が隠れたせいで校舎の中も暗くなり、人の気配があってもどこか物寂《ものさび》しい空気が流れ始めた。

小雪はぼんやりと窓の外を見つめる。

この状況では、帰るに帰れなさそうだ。

『仕方ないなあ……ちえちゃんと遊んでからかーえろ、っと』

仕方ないとは言いつつも、その独り言はどこか弾んだものだった。

どんよりと薄暗い校舎の中を、小雪はスキップしながら歩いていく。

ちえちゃんというのは、小雪にとって唯一無二の親友だ。

入学してすぐ席が近かったために仲良くなり、それからずーっと同じクラスである。登下校は常に一緒だし、休みの日もよく互いの家に遊びに行く。

引っ込み思案の小雪と違って、ちえちゃんはとても明るくて友達も多い。

髪が短くて活発で、おまけにスポーツ万能。顔立ちもきりっとしているせいでよく男の子に間違えられるが、小雪に言わせればそこいらの男子よりも、ちえちゃんの方がずっとずーっとかっこいい。クラスの女子たちもそう思っているようで、人気も絶大だ。

それでも彼女は小雪のことを一番の親友だと呼んでくれた。

どんな子に誘われても、小雪との約束をいつも優先してくれる。それが友達の少ない小雪にとって、大きな自慢だった。

彼女と過ごす時間を考えるだけで、小雪は胸が温かくなる。

憂鬱《ゆううつ》なはずの雨音も、どこか弾んで聞こえた。

『雨が止んだらいっしょに帰って……あっ、今日はうちに来てもらおうかな。朔夜《さくや》といっしょに、三人でお絵かきとかしてもいいし……』

そんなことを考えているうちに教室のすぐそばまでたどり着いた。

薄いドア一枚を隔てた向こうにちえちゃんがいる。

小雪は胸をときめかせて、そのドアを開けようとした。そのときだ。

教室の中から声が聞こえた。

『ねえ、ほんっと嫌な子よねえ。白金《しろがね》さんって』

ドアへと伸ばした手がピタリと凍り付く。

小雪は生唾《なまつば》を飲み込んだ。

（今、私の名前……）

音を立てないように気をつけて、ドアをわずかにそーっと開く。

ほんの少しの隙間《すきま》ができて、教室の中が見えた。

ほとんどの生徒は帰ってしまっており、中にいるのは数名だけだ。

ちえちゃんと、そして他の女子生徒たち。

見間違えようはずもない親友はこちらに背を向けているものの、他の面々の顔はうかがえた。

彼女らは全員もれなく嘲《あざけ》るような笑みを口の端にうかべていて――。

『分かる！　ちょっと勉強とかができるからって生意気よねえ』

『よく海外にも行って自慢してくるよね。ウザいったらありゃしない』

『ほんとほんと！　気取ってるっていうかさあ』

女子生徒たちは悪口で大いに盛り上がる。

そしてそれは間違いなく、小雪に対するものだった。

『……』

雨がさらに強くなる。

ざあざあと騒々しい廊下にて、小雪はぎゅっと拳《こぶし》を握った。

息をすることも忘れて、彼女らの会話に耳を澄ませてしまう。

小雪は人見知りで引っ込み思案だ。そのため、あまり友達が多い方ではない。

それでもクラスの子たちとは表面上仲良くしているつもりだったので……彼女らが自分を嫌っているという事実は、まさに天地がひっくり返るような衝撃だった。

しかしそれを上回る出来事が、そのすぐ後に降りかかる。

女子生徒の一人が、ちえちゃんに声をかけたのだ。

『ねえ、ちえちゃんだってそう思うよね』

『えっ……』

ちえちゃんは女子生徒らが盛り上がる間、ずっと黙ったままだった。

そんな彼女を、他の子らはニヤニヤ笑いながらはやしたてる。

『ちえちゃん、白金さんと仲がいいみたいだけど……ほんとは無理してるんじゃないの？』

『そうだよ。ちえちゃんってば優しいから、あの子に合わせてあげてるだけなんでしょ』

『嫌なら嫌ってはっきり言わなきゃ！』

『わ、私は……』

ちえちゃんはぐっと息をのむ。

否定《ひてい》してほしかった。『悪口はいけない』と怒ってほしかった。

それなのに彼女は何かを決意するように小さくうなずいて。

彼女らを見据えて、こう告げた。

『私も小雪ちゃんのこと――大嫌いよ』

強い雨の音にまぎれ、その声はたしかに小雪の耳に届いた。

『っ…………！』

その瞬間、小雪は弾かれたように走り出した。

大雨が降りしきる中、たったひとりで傘も差さずに家まで駆け抜けた。

そのせいでひどい風邪を引いてしまって、数日学校を休んで――それから学校に戻って以降は、親友であるはずのちえちゃんと、ただの一度も言葉を交わさなかった。

その一ヶ月後に彼女の転校が決まり、それっきり二度と会えずにいる。

それが小雪にとって最初の失敗で。

小雪が『猛毒の白雪姫』になる、きっかけでもあった。

一章　作戦会議

「……ふふふ」

授業開始前の、朝の時間。

小雪《こゆき》は自分の席で、携帯の画面を見つめていた。

指で画面をスライドさせると、様々な写真が出てくる。

直哉《なおや》と一緒に行ったクレープ屋さん。直哉にプレゼントしてもらった猫のぬいぐるみ。直哉と一緒に作ったカレー……などなど。

特にカレーは特別だ。ルゥの中央には、猫の形に切り抜かれたスライスチーズが乗っている。料理を手伝ったご褒美にと、直哉が小雪のためだけに作ってくれたものである。

(あのカレー、おいしかったなあ)

自然と口元がほころんで、にこにこしてしまう。

ここ二ヶ月ほどの写真には、楽しい思い出ばかりが詰まっている。

そのまま写真を順々に眺めていた小雪だが――

「っ……!」

とある一枚が画面いっぱいに映し出されて、ぴたりと手が止まってしまう。

そこに写っているのは直哉本人だ。

彼が他の人と話しているところをこっそり撮っておいたから、目線はこちらに向いていない。

それでも察しのいい直哉のことだから、小雪が写真を撮ったことにも、こうして大事に保存していることにも気付いていそうだ。

(気付いて、黙ってくれているのよね……あの人はそういう人だわ)

小雪はため息をこぼす。

とはいえ、彼のその特異とも言うべき『察しの良さ』に小雪が救われているのもまた事実で。

画面上の彼をそっと撫《な》でて、小声でその名前を呼んでみる。

「直哉くん……か」

するとその瞬間、顔に赤みが差したのが鏡を見なくても分かった。

下の名前で呼ぶようになって、まだ三日目。

いまだにその音の響きに慣れないし、彼が「小雪」と呼ぶのにもまだ慣れそうもない。

小雪は画面の直哉を見つめたまま、ぽーっとしてしまう。

そんな折。

「しーろがねさん!」

「ひゃうっ!」

突然、声がかかって携帯を取り落としそうになる。

はっとして顔を上げれば、目の前にクラスメートの女子が立っていた。

長い髪をポニーテールにした活発そうな女の子だ。

夏目結衣《なつめゆい》。直哉の幼なじみのひとりである。

「あ、な、夏目さん……おはよう」

「おっはよー。なんだか嬉《うれ》しそうだけど、何見てるの？」

「え、えっと、この前撮った写真をちょっと」

「へえー。よかったら見せてよ」

「う、うん」

「ほんとに？　ありがと、白金《しろがね》さん！」

小雪がおずおずとうなずくと、結衣は花が咲いたように笑う。

人見知りかつ天邪鬼《あまのじゃく》な性格が災いして、これまで小雪はあまりクラスメートと話せたことがなかった。しかし直哉がきっかけとなって、最近では結衣がこうしてちょくちょく話しかけてくれるようになっていた。

明るい彼女と一緒にいると、心がじんわりあたたかくなる。

ただ……やっぱりまだ慣れないので毎回ドキドキのイベントだった。何か失礼な態度を取ってしまわないか、失敗しないか、少し緊張してしまう。

しかも、最近話しかけてくるようになったのは結衣だけではなかった。

「ねえねえ、なんの話？」

「あっ」

真横を見れば、そこにはまた別の女子生徒が立っていた。

長い髪を一本の三つ編みにまとめて野暮《やぼ》ったい眼鏡《めがね》をかけた、優等生然とした少女である。

制服もまったく着崩すことなく、生徒手帳にそのままお手本として掲載されそうなほどに真面目《まじめ》な見た目だ。

名前は鈴原恵美佳《すずはらえみか》。

結衣同様、小雪のクラスメートである。

小雪は彼女にもおずおずと挨拶《あいさつ》する。

「え、えっと、鈴原さん……おはよう」

「おはよ、白金さん。それよりやめてよ、『鈴原さん』なんて堅苦しい呼び方は」

緊張して堅くなる小雪に、彼女はにっこりと笑う。

そうしてどんっと自分の胸を叩《たた》いてみせた。

「気さくに『委員長』って呼んでちょうだい！」

「えっ、『恵美佳って呼んで』とかじゃないのね……」

実際のところ、彼女はここのクラス委員長だ。

一年のころもずっとクラス委員長だったと聞くし、成績も優秀。見た目も相まって、『委員長』と呼ぶとたしかにしっくりくるだろう。

しかし名字で呼ぶよりも、役職名で呼んだ方が距離感があるのでは……。

小雪はそう思うのだが、はたと気付く。

（いやでも、下の名前で呼んでって言われてもハードルが高すぎるわよね……直哉くんって呼ぶのですらまだ慣れないのに……）

人見知りの自分にはちょっと無理そうだ。

考え込む小雪の隣で、結衣がくすくすと笑う。

「まあでも、委員長は委員長って感じだもんね。私も恵美佳なんて呼んだことほとんどないかも」

「そうでしょ。他のクラスの子からも『委員長』って呼ばれるくらいだし」

恵美佳――もとい委員長は得意げに言う。

どうやらその呼び方をかなり気に入っているらしい。

「だから白金さんもそう呼んでちょうだいな」

「うっ、うん。委員長……さん？」

「さん付けかー！　それはそれで奥ゆかしくっていいかもね！」

小雪がぎこちなく口にした愛称に、委員長はにっこり笑ってサムズアップしてみせた。

結衣も委員長も、見た目のタイプこそかなり違うものの、両者とも明るく社交性があり、誰《だれ》とでも分け隔てなく接するために友達も多い。

（ううう……ふたりともフレンドリーだわ！　私とは対照的すぎる……！）

コミュ障気味の小雪にとっては、まぶしすぎるふたりである。

一対一でも緊張するのに、二対一なんて難易度が高すぎた。

小雪が慣れないコミュニケーションに固まりつつある中、委員長はおかまいなしでキラキラした笑顔を向けてくる。

「そうそう、白金さん。昨日はどうもありがとね？」

「へ？　な、何の話？」

「ほら、放課後にクラス委員の仕事、手伝ってくれたでしょ？」

「ああ……たしかにお手伝いしたけど」

昨日、彼女が花瓶《かびん》の水を換えているのを見かけたので、ほんの少しだけ手を貸した。

こうして言われるまで忘れていたくらいの、ささやかなお手伝いだ。

小雪はこれまでにも何度か彼女の仕事を助けたことがある。

荷物運びや掃除、プリント整理の手伝いなどなど。

その都度お礼を言ってくれた彼女に、小雪は照れ隠しでツンツンした嫌な態度を取っていたのだが……直哉に叱《しか》ってもらえてから、それにすこし変化が生じていた。

小雪は少しおどおどしつつも、委員長を見やってぼそぼそと言う。

「え、えっと……どういたしまして。でも、お礼を言われるほどのことじゃないわ。あんなの普通のこと、だし……」

「…………」

「えっ、何？　なんで急に黙っちゃうの⁉」

委員長がぽかんと口を開いて固まってしまうので、小雪はあたふたしてしまう。

自分なりに精一杯素直な言葉を伝えたと思ったのだが、ひょっとすると何かまた失礼なことをしてしまったのかもしれない。

しかし彼女はふっと表情を崩し、頰《ほお》をかいて笑うのだ。

「いや、だって……白金さんがそんなふうに言ってくれるなんて、なんだかまだ慣れなくて」

「うぐっ……！」

彼女の言葉が、小雪にグサッと突き刺さる。

これまで『鈍くさくて見てられないわ』だの『こんなこともひとりで出来ないの』だの『あなたと私じゃ身分が違うの』だのと、散々なことを言ってしまった記憶が走馬灯のように脳裏《のうり》をよぎる。

結局、小雪は深々と頭を下げるのだ。

「ほ、本当にごめんなさい……これまで酷《ひど》いことばっかり言って……」

「あっ、こっちこそごめんね。私はそんなの全然気にしてないからさ」

委員長は首を横に振って、にっこりと笑う。

「白金さんが本当は優しい子だって、私はちゃーんと分かってたもん。だからこうやって話せるようになって嬉しいんだ」

「委員長さん……！」

そのまっすぐな言葉に、小雪はじーんと胸を打たれる。

友達ゼロ歴が長かったため、こんなシンプルな台詞《せりふ》でも小雪にとっては十分に殺し文句だ。

おもわず委員長の手をがしっと握って、真剣な顔で言い放ってしまう。

「私も委員長さんとお話しできて嬉しいわ！　たくさんお話ししましょ！」

「もちろんよろこんで！　それじゃ、結衣と何の話をしてたか聞いてもいい？」

「うん！　夏目さんったら、私の携帯に保存してある写真が見たいんですって」

「えっ、いいな！　私も見ていい？」

「もちろんよ！　どうぞどうぞ！」

目を輝かせる委員長に、小雪は何のためらいもなく携帯を差し出してしまった。

彼女との距離が縮まったのを感じてかなり浮かれていたのだ。

だから、携帯に今どんな写真が映し出されているのか、確認すらしなかった。

やらかしたと気付いたのは、委員長が携帯の画面を見つめてきょとんと目を丸くしたからだ。

「あれ、この男の子って……」

「あっ……！」

画面いっぱいに表示されているのは、先ほどまで小雪が眺めていた直哉の隠し撮りだ。

（や、やっちゃった……！　私のバカぁ……！）

小雪の顔がさあっと青ざめる。

一方で委員長は小首をかしげて、純粋な目を向けてくる。

「もしかして、この前白金さんと一緒にいた人？」

「うっ、うう……そ、そう、です……」

「見せて見せて。あっ、やっぱり直哉の写真じゃん。白金さんも大胆だねー」

結衣もまた携帯をのぞき込み、顎を撫でて笑う。

「でも直哉もなかなかやるなあ。隠し撮りされることなんて滅多《めった》にないのに」

「まあたしかに、あの人なら絶対気付いていると思うけど……」

「いやいや、違うって。直哉、無駄に勘がいいからさ。どれだけこっそり撮ろうとしても絶対カメラ目線になるんだよ」

どうやら気配にも敏感らしい。

そのせいでどんなアルバムを見ても、百発百中で目線が向いているという。

「これは白金さんに『隠し撮りさせてあげよう』っていう気遣いのたまものだね！」

「し、知りたくなかった……！」

頭を抱える小雪である。

気付かれているとは思っていたが、まさかそこまで配慮されているとは思わなかった。

そうなると、小雪が写真にぽーっと見惚《みと》れていることも察していそうで……後でどんなふうに本人の顔を見ればいいのか分からなかった。

「あっ、そういえば聞いたことあるかも」

そんなやり取りを聞いていた委員長が、ぽんっと手を打つ。

「三組のド変人でしょ、その人。ちょっと話しただけで、相手のことをなんでもかんでも当てちゃうっていう」

「ド変人……」

あまりにストレートな言い草だが、いまいち否定《ひてい》もできないので小雪は口ごもるしかない。

そんな中、委員長はにやりと笑ってみせる。

「ふうん。でも意外だなあ」

「えっ、何が？」

「何って、白金さんはこの変人さんとお付き合いしてるんでしょ？」

「ふえっ⁉　お、お付き合い⁉」

思ってもみなかった単語が飛び出して、小雪の肩がびくりと跳ねた。

顔は一瞬で茹蛸《ゆだこ》のように真っ赤《まか》になって、心臓はうるさいほどに鳴り響く。

委員長はその反応を図星と睨《にら》んだのか、ますます笑みを深めて小雪のことをつんつんつつく。

「私全然知らなかったよー！　ねえねえ、いつから付き合いだしたの？　どっちから告白したとかも聞かせてよ！」

「あ、あうう……ええっと、そのぉ……！」

質問責めにされて、小雪はまごつくしかない。

しかし結局、いつものやつ――『猛毒の白雪姫』が出てしまう。

意味もなく胸を張って、小雪は鼻を鳴らして嘲笑《ちょうしょう》を浮かべてみせる。

「ふんっ、あんなド変人と付き合っているなんて不名誉も甚だしいわ。あの人が私の隣に並ぼうと思うなら、異世界転生でもしてスペックを上げるしかないでしょうね」

「あれ、そうなの？　それじゃあ付き合ってないんだ」

「も、もちろんよ」

「へー。じゃあ付き合ってもいない男の子の写真を保存してるんだー」

「うぐうっ……！」

委員長の放った攻撃は小雪にクリティカルヒットした。

こうなると『猛毒の白雪姫』モードも形無しだ。

小雪はしゅんっと肩を落とし、蚊の鳴くような声で打ち明ける。

「で、でもその……本当に直哉くんとはまだお付き合いしていない、っていうか……」

「『まだ』？　それじゃあ白金さんの片思いってこと？」

「いや、片思いではないわね……間違いなくあっちは私のことが大好きだし……」

「それが分かってるのに付き合ってないの？　ますます分かんないんだけど？」

「ううう……いろいろあってぇ……」

委員長が首をかしげるのも当然の反応だった。

仕方なく、小雪はぽつぽつと話しはじめる。

直哉と出会った経緯から、先日起こったちょっとした事件まで。

あらかたしゃべり終えると、委員長は腕を組んで神妙な面持ちをする。

「えっと、つまり……今は向こうからの告白を、一旦《いったん》保留にしてる状態ってこと？」

「おっしゃるとおりです……」

小雪は真っ赤に染まった顔を、両手で覆《おお》うしかない。

あらためて言葉にすると、かなり酷いことをしていると思う。

しょんぼりうなだれながら懺悔《ざんげ》を続ける。

「私、自分の気持ちを素直に伝えるのが苦手で……だから、ちゃんと返事ができてないの」

「でも直哉は『待つ』って言ってくれたんでしょ？」

「そ、それはそうなんだけど……やっぱり申し訳ないっていうか」

事情を知る結衣が助け船を出してくれるものの、小雪は小さくなるばかりだ。

小雪の好意なんて直哉には筒抜けだし、直哉は直哉で言葉と態度で示してくれている。

それなのに告白の返事を保留にしているのだ。

どう考えても小雪に非がある。

「ふうん……なるほどねえ」

委員長も難しい顔をして黙り込んでしまう。

その真剣な面持ちから逃げるようにして、小雪はさっと顔を伏せた。

膝《ひざ》の上でぎゅっと手を握ると、その拍子に鼻の奥がつーんとした。

（やっぱり、私が悪いのよね……）

意気地なしの自分に心底嫌気がさした、そのときだ。

「いいじゃない、そういうの！」

「……へ？」

明るい声に顔を上げれば、委員長が満面の笑みを浮かべていた。

そんな彼女に小雪はおずおずと尋ねる。

「変だって思わないの……？」

「いや、すっごく変な関係だなーとは思うけど」

「ぐっ……！」

真顔で言われたので、言葉を詰まってしまう。

しかし、委員長は対照的にさっぱりとした笑顔を見せてくれた。

目をらんらんと輝かせて言うことには――。

「でも、そういうじれったい関係も堪《たま》らなく美味《おい》しいと思うの！　私は全力で応援するからね！」

「は、はあ……」

まっすぐすぎるエールに、小雪はまごつくしかない。

どこか実妹を思わせる熱意だった。

そんななか、結衣は小首をかしげてみせる。

「つまるところ、今が白金さんにはちょうどいい距離感なのね？」

「うっ。それは……どうなのかしら」

たしかに今の関係も悪くはない。

互いに気持ちが通じ合っているのが分かるし、一緒にいると安心できる。

だがしかし、欲を言えば――。

「できたら、もっと素直に……自分の気持ちを伝えたい、かも……」

直哉の特殊なスキルによって、小雪の心の中は筒抜けだ。

だからどれだけ彼のことを好きなのかも、十分に伝わっている。

それでも小雪はちゃんと、口に出して言ってみたかった。

（だって、そうじゃないと不公平よね……直哉くんはちゃんと言葉にして、『好きだ』って言ってくれるんですもの）

うんうんとひとりで決意を固めていると、ふと周囲が静かなことに気付く。

顔を上げておもわず「ひえっ」と声が出た。

なにしろ結衣と委員長がそろって真顔だったからだ。ふたりとも押し黙って、小雪のことをじっと見つめている。

なにかマズいことを言っただろうか。

小雪が不安になったところで、委員長がぽつりとつぶやいた。

「白金さんってやっぱり……可愛《かわい》いね？」

「……はい？」

「うんうん。『猛毒の白雪姫』なんて言われてるけど、やっぱり普通の可愛い女の子だよねえ。よしよし。ほんとに可愛いねー、白金さんはー」

「ちょっ、ふたりとも何なの⁉」

ふたりしてぐりぐり頭を撫でてくるので、小雪は目を白黒させるしかない。

そうかと思えば委員長が眼鏡に熱い炎を宿して拳《こぶし》を突き上げる。

「よーし！　そういうことなら話は決まったわね！　白金さんの恋を、私たちで全力サポートしてあげようじゃない！」

「いいねえ。私としても早く直哉とラブラブになってもらいたいし」

「えええっ⁉　ま、待って、いきなりそんなこと言われても、まだ心の準備が……！」

盛り上がる彼女らに、小雪はタジタジになるしかない。

好きと言いたい。

それは確かな本音だ。

しかし当人に面と向かって言うのは、やっぱりまだ勇気がいる。

小雪はしゅんっと肩を落としてぼそぼそと言う。

「多分今のままだと、また変な毒舌を吐いて失敗しちゃうと思うし……」

「うーん、それじゃあラブコメの場数をこなしてみる？」

委員長はぴんっと人差し指を立てて言う。

「白金さんはそういうことに耐性がないんでしょ？　ラブコメのイベントに慣れれば、きっと素直にもなれるって」

「な、なるほど……でも、場数ってどんなの？」

「そこは経験者に聞くのがベストでしょー。ねえ、結衣？」

「えっ、私？」

急に水を向けられて、結衣が目を丸くする。

そんな彼女のことを小雪はじーっと凝視した。

「そういえば夏目さんはお付き合いしている人がいるのよね……」

その彼氏も直哉の幼なじみで、小雪も面識がある。高校入学から付き合い始めたというし、交際期間一年くらいのカップルだ。小雪から見ても仲が良くて羨《うらや》ましいと思う。

しかし結衣は困ったように頬をかくだけだ。

「そう言われても……私たちも今の白金さんたちと変わらないよ。一緒に帰ったり、休日に家に遊びに行ったりとか」

「むう、たしかに同じね」

それを場数にカウントするなら、小雪は百戦錬磨の熟練兵だ。

実際は戦場に立ったばかりの新兵にも劣る。

（でも、ほんとに付き合うってそれだけで済むの……？）

小雪はふとした疑問を覚える。

付き合ったふたりがやることといえばいろいろあるが、まず思い浮かんだことを小雪はおずおずと問いかけてみる。

「その……ちゅーとか、したことある？」

「………あはは」

ちょっと目を逸《そ》らしつつ、結衣はあいまいに笑ってみせた。

ほとんど肯定したも同然である。

おかげで小雪は雷に打たれたような衝撃に震えるのだ。

(ちゅ、ちゅーとか……！　高校生で、していいの……⁉)

キスなんて、漫画やドラマの中の世界だとばかり思っていた。

それなのにこんな身近なところに経験者がいた。架空の存在だと思っていたものが、急にぐっと距離が縮まった気がした。

(私たちもそのうち……す、する、のかしら……！)

ちょっと想像するだけで顔から火が出そうだ。

しかし、決して……嫌ではなかった。

真っ赤になってぽーっとする小雪に、委員長は手をぱたぱた振ってツッコミを入れる。

「好きって言うこともできないのに、キスはまだ早いでしょ。結衣も当てにならないなー」

「ひど⁉　じゃあ委員長は何かいい案でもあるわけ？」

「うーん、そうだねえ」

委員長は携帯を取り出して何やら画面を操作する。しばらく何か検索していたが、結衣へ画面をかざしてみせる。

「あっ、ここかどう？　ラブコメにはうってつけの場所でしょ」

「何々……おー、たしかにいいかも」

ふたりは目配せし合い、にんまりと笑う。

「えっ、何の話？」

「ふっふっふー。白金さんに特大ミッションを課そうと思ってね」

委員長は意味深にニヤリと笑う。

小雪に携帯を――そこに映し出されるとある場所を示してみせて、彼女はびしっと言い放った。

「ずばり！　その彼を誘って、ここに行ってくるといいよ！　進展間違いなし！」

「えっ、ええええええええ!?」

二章　夏といえばの定番イベント

本格的な夏がやってきた。

昼休みはいつも生徒で溢《あふ》れていた中庭も、日差《ひざ》しが厳しい今の時期はさすがに閑散としてしまう。かわりに盛況となる場所があった。クーラーのよく効いた学生食堂だ。

さすがマンモス校なだけあって、席数が多くてメニューも豊富。

だいたい年中盛況の人気スポットである。

直哉《なおや》と小雪《こゆき》も、今日はここで昼食を取っていた。

「いただきまーす」

日替わり定食を前にして、直哉は行儀よく手を合わせて食べ始める。

メインのおかずは唐揚げだ。それに小鉢がひとつに味噌汁、ご飯付き。ご飯はおかわり自由で、三百五十円という破格の値段だ。いくらバイトをしているとはいえ、絞れるところは絞りたい直哉としては頼もしい味方である。

揚げたての唐揚げを頬張《ほおば》りつつ、前方をちらっと見やる。

真正面には小雪が座っていて――。

「……………」


ハンバーグカレーをじーっと睨《にら》んだまま、微動だにしていなかった。

先日衣替《ころもが》えが済んだため、小雪も周囲の生徒たちと同じ半袖《はんそで》のセーラー服だ。

ほっそりした腕は透けるように白い。首回りも冬服と比べると大きく開いていて、細い首筋がよく見える。

率直《そっちょく》に言って眼福だ。

真正面に座ることのできる幸福を、直哉はしみじみ噛《か》みしめた。

そのまま見つめていてもよかったのだが、一応ツッコミを入れておく。

「なあ、小雪。食べないのか？」

「へ？　あ、ああうん。食べるわよ」

「……箸《はし》でカレーを？」

スプーンではなく箸を手に取ろうとする小雪に、直哉は首をひねるしかない。

わりと天然なところがあるものの、今日はことさら様子が変だった。

彼女がちまちまとカレーを食べ始めたところで直哉は明るく切り出す。

「どうしたんだよ、ぼんやりして」

「えっと、実はちょっと……うん」

小雪は言葉を濁し、視線をあさっての方へさまよわせる。

緊張と不安が痛いほどに伝わった。

だから直哉はそんな小雪へ、さっぱりした笑顔を向けて告げるのだ。

「大丈夫だって。小雪がデートに誘ってくれるなら、俺《おれ》はどこへだって喜んでついて行くからさ」

「そうは言ってもやっぱり………はい？」

その瞬間、小雪の表情がぴしりと凍り付いた。

「えっ……な、何の話？」

「何の話って。俺をどこかに誘いたいんだろ？」

焦《あせ》りからかダラダラと脂汗を流す小雪をよそに、直哉は千切りキャベツをかきこむ。

そのついでにつらつらと察したことを並べ立ててみせるのだ。

「教室で結衣《ゆい》と、あとクラスメートの眼鏡《めがね》の子に、俺とのことを相談したんだ。で、そこでお勧めされた場所へデートに誘いたい。でも自分からじゃ恥ずかしくてとてもじゃないけど言い出せない……そんなところだろ。違うか？」

「た、たしかにそうだけど……なんで相談相手が誰《だれ》かってことまで分かるわけ⁉」

「だってほら、小雪の後ろ」

顔面蒼白《そうはく》になる小雪の背後を指し示す。

生徒たちでごった返す中、少し離れたテーブルでは女子生徒がちらちらこちらへ視線を送っ

ていた。

結衣と、小雪のクラスメートの女子生徒だ。小雪がばっと振り返ると、彼女らは一瞬『まずい』という顔をしたが、取り繕うように手を振ってさっと視線を逸らしてみせた。

「ああやって、ずーっとこっちを見てたから。な、簡単な推理だろ？」

「全然簡単じゃないのよね……先回りにもほどがあるわ」

「いやでも、話が早くて助かるだろ？」

「むしろどっと疲れるっていうか……会話なんだからキャッチボールしなさいよね。こっちが投げる前にホームランを打つんじゃないわよ、まったくもう……」

小雪はぶつぶつと文句をこぼしつつもカレーを口へ運んでいく。

緊張も不安も吹っ飛んでしまったらしい。ようやくいつもの調子が戻ってきた。

盛大なため息をこぼしてから、小雪は直哉に上目遣《うわめづか》いを向けてくる。

「この前……直哉くん言ってくれたでしょ。私がちゃんと素直に言えるようになるまで、返事を待ってくれるって」

「うん。言った」

先日、直哉はとうとう小雪に告白した。

しかし素直になるのが苦手な小雪は、うまく返事ができずに悩んでしまった。

だから直哉は、いつまでも待つと宣言したのだった。

あの出来事があって、ふたりの距離は少しだけ縮まった。

直哉はそれで満足だったのだが——小雪は違っていたようだ。

まっすぐにこちらを見据えて、胸に手を当てて言う。

「私、頑張りたいの。もっと直哉くんと仲良くなって……ちゃんと自分の、本当の気持ちを届けたいの」

「小雪……」

その言葉は直哉の胸を温めるのに、十分すぎる効力を有していた。

毒舌クールキャラで武装した彼女が、その鎧《よろい》を脱ごうとしてくれている。

直哉のために、変わろうとしてくれているのだ。それがどんなに勇気のいる決断なのかが分かるため、言葉に詰まる。

(これなら……正式に付き合える日も遠くないかもなあ)

そんな期待に胸が躍る。

しかしそうかと思えば、小雪はへにゃっと眉《まゆ》を下げてみせた。

「でもやっぱり、このデート先はよくないと思う……」

「なんでだよ」

あまりの落差に、すこしずっこけてしまう直哉だった。

よほどそのデート先とやらに問題があるようだ。

さすがの直哉でも、どこかに誘いたいんだろうなーということは分かっても、そのものズバリの場所までは無理である。

(親父ならこれだけの情報で分かったりするんだろうなー……)

海外赴任中の父親に思いを馳《は》せつつ、直哉は小雪に笑いかける。

「言ったろ、俺は小雪と一緒ならどこへだって喜んでついて行くって。大事なのはどこへ行くかじゃなくて、誰と行くかなんだよ」

「恥ずかしいことを真顔で言うしぃ……」

小雪は顔を赤らめつつも、やっぱりため息をこぼす。

「あなたがよくても私は困るっていうか……ともかくあんまり気乗りはしないのよね。夏目《なつめ》さんと委員長さんは『絶対オススメ!』って太鼓判を押してくれたけど……」

「あの眼鏡の子、委員長って呼ばれてるんだ……」

あまりにも直球の呼び方に、直哉はしみじみつぶやいてしまう。

そういえば以前、小雪が彼女の荷物を半分持ってあげているところを見かけた。

そのときは彼女に対し、小雪はいつもの毒舌でツンツンしていたものだが……。

「そうか、友達になれたんだな。よかったじゃん」

「お、お友達……?　夏目さんと委員長さんが?」

「他になんて言うんだよ」

直哉の言葉に、小雪は目を瞬《しばたた》かせる。

どうやら思ってもみなかった単語らしい。

しばしその単語を口の中で繰り返し、神妙な表情で考え込む。

「お友達……お友達なのかしら……？　ただちょっと声をかけてくれたり、移動教室のときとか一緒に行こうって誘ってくれたり、朝と帰りに挨拶《あいさつ》してくれるだけだし……これってただのクラスメートって呼ぶんじゃないの？」

「そうかもしれないけど、別に友達って言ってもいいだろ」

「いいの……？　お友達ってもっとこう特別な儀式とかを経て、名乗れるものだったりするんじゃないの？」

「そんな儀式、普通はないぞ。いろいろバグってるなあ」

その昔、唯一無二と言ってもいい親友とギクシャクしてしまって以来、人付き合いが怖くなって友達などひとりも作れなかった……と先日聞かされた。

どうやら久々の友達フラグに浮き足立っているようである。

小雪はうんうん悩みつつも、最後にはぽつりとこぼしてみせた。

「お友達かあ……私なんかと、ほんとにお友達になってくれるかしら」

「なってくれるに決まってるだろ」

小雪の不安を吹き飛ばすべく、直哉は明るく笑う。

「小雪も最近は素直になれるよう頑張ってるし、ふたりともそれをちゃんと分かってくれてるんだろ？　だったら大丈夫だって」

「ほ、本当にそう思う？」

「もちろん。ずっと小雪と一緒にいた俺が保証するよ」

「そっか……うん。直哉くんがそう言ってくれるなら、頑張ってみる」

小雪はぐっと拳《こぶし》を握りしめ、深くうなずく。

「あのふたりと、お友達になってみせる。なんとしてでも！」

「うん。応援してるよ」

決意を固めた小雪に、直哉は心からのエールを送る。

（小雪は変わったなあ。ちょっと前まで、クラスの子と話すこともままならなかったのに……こんなに前向きになるなんて）

小雪は今、変わりつつある。

そしてその変化を間近で見られることが、直哉はたまらなくうれしかった。

「あ、友達を作るって決意はいいんだけどさ。さっきの話もそろそろ教えてくれたっていいだろ。いったいどこに連れて行きたいんだよ」

「むう、そうねえ……」

小雪はしばし渋っていたが、結局折れたようだった。

眉をへの字にしたまま携帯を操作して、直哉にその画面を見せてくる。

「ここ、なんだけど……」

「どれどれ？」

直哉は差し出された携帯を受け取ってのぞきこむ。

そのときはまだほんの軽い気持ちだった。

しかしいざ画面に映し出されたＷＥＢページを見て、ガタッと席を立って叫んだ。

「行こう！　今すぐに!!」

「今すぐに!?」

小雪がぎょっと目を丸くした。

そこそこ騒がしい食堂の中でもふたりの声は大きく響き、周囲の生徒たちが振り返る。

注目を集めつつも、小雪はすっと右手のひらを突き出した。

「やっぱりその、さっきの話はなかったことにしてもらえるかしら……」

「無理だな」

直哉はきっぱりと言い放ち、小雪から借りた携帯をかざす。

その画面に表示されているのは、隣の市にある大きなプール施設だった。

しかもただのプールではない。流れるプールやウォータースライダー、水着のまま入れる温泉などが完備されていて、丸一日遊べると評判の場所だ。

もちろんデートにはうってつけである。

「俺は小雪と絶対に、このプールに行きたい！　そして小雪の水着を拝みたい！　水着の小雪とイチャイチャしたいんだよ!!」

「ひいっ……！　あまりに直球過ぎる……！」

好きな子の水着姿。

たったそれだけの言葉で、男のテンションはうなぎ登りだ。

日頃《ひごろ》わりと冷静な直哉だろうと、その魔力には抗《あらが》えるはずもない。

（そうだよな、プールなんて夏の定番デートスポットじゃないか……なんで考えつかなかったんだ……俺もこういう経験が乏しいからか？）

ふとそんな悲しい思いに囚《とら》われそうになるものの、かぶりを振って追い払った。

テーブル越しに小雪の目を見つめて、まっすぐに言う。

「ともかく行きたい。行こう。今すぐが無理なら今週末にでも！」

「ううう……や、やっぱりダメよ！」

小雪は耐えかねたように叫び、カレーのスプーンをびしっと向ける。

「プールなんて絶対ダメなんだから！　そもそも水着なんて破廉恥極《はれんちきわ》まりないわ！」

「破廉恥ってそんな……下着姿を見せてくれって言ってるんじゃないんだからさ」

「布面積は変わらないでしょ！　直哉くんのえっち！」

「えっちで結構。俺は小雪の水着が見られるなら何でもする」

「重っ……！」

なんと言われようが直哉は本気だ。

うろたえる小雪に向かって、淡々と続ける。

「だいたい、今は夏休み前だろ。夏休み時期に比べたら、お客さんが少ない方だと思うんだよな。楽しむなら今の時期がチャンスだって。ウォータースライダーなんかそんなに並ばずに遊べるはずだ」

「た、楽しそうだけど、やっぱり水着は……」

「そう。その水着姿が問題なんだ」

「へ？」

小雪はきょとんとして勢いをなくす。

そこに直哉は真剣な顔で畳みかけるのだ。

「お客さんが少ないってことは、他の男に小雪の水着を見られずに済むってことだろ。だからますます行くなら今だと思うんだ。俺は水着の小雪と、なんの気兼ねもなくイチャイチャしたい」

「うっ、ううっ……！　いつも以上にグイグイ来るしぃ……！」

煩悩フルオープンで迫ると、小雪は真っ赤《まっか》な顔で視線をさまよわせる。

陥落は近かった。このままなら絶対にいける。

手応えを感じつつ、直哉はスプーンを握ったままの小雪の手をそっと握る。

「だから、俺と一緒にプールに行ってくれないか。小雪！」

「ううう……！」

もはや威嚇《いかく》というよりも、手負いの獣のうめき声に近かった。

小雪は真っ赤な顔でぷるぷると震える。

しかしすぐに直哉の手を振り払い、ふんっとそっぽを向いてみせた。

「それでもダメよ！　プールなんて、やっぱり絶対ダメ！」

「えええ……」

あまりに頑《かたく》なな拒絶に、直哉は首をひねるしかない。

(思ったより粘るなあ。そろそろ折れると思ったのに)

敵は予想以上の抵抗を見せてきた。

これはきっと何かあるに違いない。じーっと小雪の顔を見つめて――そこでふと、思いつくことがあった。

「ひょっとして小雪……」

直哉はごくりと喉を鳴らし、小声で問う。

「泳げない、とか？」

「っ……！」

その瞬間、小雪がぴしりと固まった。

顔からさあっと血の気が引く。

しかしぷるぷる震えながらも、小雪はクールに髪をかき上げてみせた。

「ふっ……面白《おもしろ》い冗談ね。私を誰だと思っているわけ？　学年成績一位でスポーツ万能、才色兼備の完璧《かんぺき》美少女よ。そんな私に苦手なことなんてあるわけないでしょ」

「料理と人付き合いと、あと虫と辛いカレーと、チョコミントのアイスと……他にもそこそこあるだろ、苦手な物」

「うるさい！　お料理は最近勉強中よ！」

キッと目を吊《つ》り上《あ》げる小雪だった。

そんななか、直哉は『そういえばうちの学校、プールは選択授業だったなあ』と思い出していた。だからこれまでボロが出ず、スポーツ万能で通っていたらしい。

（あー、水着が恥ずかしい上に泳げないってなると、そりゃプールは嫌だよなあ）

直哉はしみじみと納得するのだが、小雪は徹底抗戦モードのままだ。

引っ込みがつかなくなったとも言える。

もう一度直哉にびしっとカレースプーンを突きつけて、宣戦布告を叩《たた》きつけた。

「いいじゃない。直哉くんがそこまで言うのなら、私の華麗な泳ぎを見せてあげるわ。その

「プールでひと勝負といきましょう」

「えっ。いや、俺はそんなガチな水泳がしたいんじゃなくて、流れるプールとかで小雪ときゃっきゃしたいだけなんだけど……」

「いいえ、売られた喧嘩《けんか》は買うのみよ。あなたみたいな下心丸出しの人なんて、プールの藻屑《もくず》にしてやるわ。せいぜい首を洗っておくことね！」

「はあ……」

小雪はメラメラと燃え上がる。

とはいえその顔には『何言ってんのよ私のバカ！』という後悔がありありとにじみ出ていた。周囲に人がいるせいで、余計に負けず嫌いな一面が出てしまったらしい。

（まあいいか、言質は取ったし。これでプールは確実だな）

現場に行けば、どのみちイチャイチャできそうだ。

直哉はにっこりと笑う。

「それじゃ今週末に行って勝負しよっか。いいかな？」

「の、望むところよ！」

小雪はぷるぷるしながらもうなずいた。

◇

こうしてその週の休日、件のプール施設のゲートをふたり揃《そろ》ってくることとなった。

「高校生二枚でお願いします」

「かしこまりましたー♪」

「うう……」

二人分のチケットを差し出すと、入場ゲートのスタッフはにこやかに受け付けてくれた。

直哉は意気揚々と軽い足取りで。

対する小雪は、病院に向かう子供のような重い足取りで中へ入る。

広々とした施設の中には客が多いものの、ピーク時に比べるとかなりマシらしい。これならゆったりとプールを満喫できそうだ。

ゲート付近に置かれていたパンフレットをめくりつつ、直哉は明るく言う。

「ここ、プールだけじゃなくて水着のまま入れる温泉なんかもあるんだってさ。遊具も豊富らしいから全制覇しような」

「それは別にかまわないんだけど……」

「あと二十五メートルプールもあるって。小雪がやりたがってた水泳勝負もできそうだなー」

「ぐっ、うう……！　そ、それは……その……」

小雪は苦しそうに呻《うめ》いて口ごもる。

遊びに来たとは思えないような沈みきったテンションだ。

やがて小雪は更衣室に向かう途中で立ち止まる。

「直哉くん。大事な話があるの」

「はい？」

いつになく真剣な顔をした彼女に、直哉は軽く首をかしげる。

小雪はきゅっと目をつむり、罪を懺悔《ざんげ》するような勢いで言い放つ。

「私……ほんとは泳げないの！」

「……知ってるけど？」

「へ？」

決死の告白を、直哉は半笑いで受け流した。

目を瞬かせる小雪に朗らかな笑みを向けてやる。

「そんなの俺に隠せるわけないだろ。あのときはまわりに他の生徒がいた手前、見栄張ったことくらいお見通しだって」

「な、なんだ、そうだったの……」

小雪はホッとしたように胸を撫で下ろした。

しかしすぐに何かに気付いたらしくハッとする。

「って、ちょっと待って！　まさか、それに気付いていて水泳勝負を受けたわけ!?　私をプールに連れてくるために……⁉」

「だって小雪とプールでイチャイチャしたかったし」

「ぐうっ、欲望に忠実なんだから！　鬼！　悪魔！　破廉恥！」

「わはは、何とでも言え。ここまで来たらこっちのもんだ！」

「ぐぬぬぅ……！」

すでに入場料は支払い済みなので、引くに引けない状況だ。

小雪は悔しそうに歯噛みするものの、すぐに諦《あきら》めてくれたらしい。小さくため息をこぼしてかぶりを振る。

「いっつもこんな感じで、毎回流されて嵌《は》められている気がするわ……恋愛ってこんなに大変な頭脳戦が必要だったのね……」

「いや、俺たちが特殊なだけだと思うぞ」

「薄々気付いてた……」

小雪は盛大に肩を落としてみせてから、びしっと人差し指を突き付ける。

「でも、こうなったら仕方ないわ。嫌々付き合ってあげようじゃない。いつぞやのショッピングモールでのデート同様、下僕になったつもりできちんと私をエスコートすることね」

「ああうん、大丈夫大丈夫。ちゃんと深くないプールで遊ぶし、溺《おぼ》れそうになったら助けるから」

「そ、そう？　それならいいのよ」

小雪は強がりつつも相好を崩す。

少しほっとした様子に、直哉も柔らかく笑う。

「小雪、泳げはしないけど水遊びは好きだろ？　昔溺れたとかで水にトラウマがあるなら、俺もここまで強引に連れ出さないって」

「そこまで分かってるのね……」

流れるプールやウォータースライダーに興味津々なのもきっちり見抜き済みだ。

小雪はもごもごと口ごもり、上目遣いで直哉を見る。

「そ、それじゃあ観念するけど……水着、変でも笑わないでよね」

「笑うわけないだろ」

「だ、だって最近、おやつとか食べすぎちゃって、ちょっとだけ太ったし……」

「まあたしかに、俺と初めて会ったときに比べると×キロ増えたみたいだけどさあ」

「人間ヘルスメーター、今はほんとにやめて」

百グラム単位で増加分を当てられて、小雪は真顔でずいっと凄《すご》んでくる。

そんな彼女に直哉はぱたぱたと手を振るのだ。

「いいじゃんそれくらい。むしろ俺にとってはご褒美だって」

「うーっ……でもでもだって、直哉くんにはだらしないところを見られたくないし……」

「うん、それも知ってる」

そんな乙女心ももちろん看破済みだった。

直哉は小雪の顔をのぞきこみ、満面の笑みを向ける。

「大丈夫。俺はどんな小雪でも大好きだから」

「直哉くん……」

「さあ、そういうわけだから……」

うるっと来た小雪の両肩に手を置いて、直哉は真顔で続けた。

「早くその……朔夜《さくや》ちゃんと一緒に買いに行って『大胆すぎない？　大丈夫？』って散々悩んだけど結局勇気を出して買っちゃった新品の水着に着替えてくるんだ！　俺が早く見たいから！」

「朔夜のやつぅ……！　あの子密告したわね⁉」

「いや、聞いてないけど。単に展開が読めてただけだから」

「それはそれでムカつく……！　ふんだ、もう知らない！」

「あっ、更衣室出口で集合なー」

すたすた歩いて女子更衣室に向かう小雪の背中に、直哉は軽く手を振った。


それから三十分後。

直哉がそわそわと待ち合わせ場所で待っていると、小雪がやってきた。

土壇場で恥ずかしくなって上にシャツやバスタオルを羽織《はお》ってくるものかと思いきや、意外にも堂々たる水着姿のままである。

直哉の前でふんっと鼻を鳴らし、胸を張ってみせる。

「さあ、お望みどおりに着替えてきてあげたわよ。せいぜいその足りない頭を使って、私の美貌を褒めちぎりなさい」

「はあ」

言葉は居丈高だが、顔はかなり真っ赤に染まっていた。

どうやら恥ずかしさを『猛毒の白雪姫』モードで乗り切る作戦らしい。

しかしそう言われたからにはじっくり褒めなければなるまい。

直哉は改めて小雪の水着を見つめる。

上下に分かれたビキニスタイルだ。胸の部分は首の後ろに回した紐《ひも》で固定して、ショーツ部分は大胆に小さい。小雪のスタイルの良さをこれでもかと引き立てる水着である。

そういうわけで、肌の露出がとても大きかった。

最近は夏服になったので素肌も見慣れていたものの、鎖骨やおへそ、くびれ部分にくるぶし、小さな足の指……そういう部分はもちろん初めて目にする。破壊力は抜群だ。

さらに一番目につく、胸の部分もすごかった。

直哉は服の上から見ただけで相手の体重、身長、スリーサイズが分かる。

だから小雪の体型も具体的なアルファベットと数字でサイズが分かっていたはずなのだが……実際に目にすると、そのたわわさに驚かされた。

つまり総評、すごい。

直哉はそっとその場に膝《ひざ》を突き、手のひらを合わせて万感の思いを口にした。

「ありがとうございます……！」

「拝んだ⁉」

ぎょっとする小雪だった。

そのまま涙を流して拝み続ける直哉のことを、心配そうな目で見つめてくる。

「ええ……そんな、泣くほどのこと？」

「当たり前だろ！　好きな子の水着姿だぞ⁉　一生の思い出になるに決まってんだろ！」

「喜んでもらえたなら嬉《うれ》しいんだけど、ちょっと怖い……」

「うう、ありがとう小雪……俺、死ぬときはこの光景を思い出すからな……」

「やめなさい。もっと他のシーンにして。まったくもう……」

ジト目をしつつも、小雪はぷいっとそっぽを向く。

指先で髪をくるくるしながら言うことには――。

「で、感謝の気持ちは分かったけど……具体的にはどうなのよ」

「もちろん可愛《かわい》いよ。最高。すごい」

「ふ、ふふん。そうでしょ、そうでしょ」

小雪は顔をほころばせる。

そこで直哉は立ち上がり、彼女の手を握って畳みかけた。

「うん。すっごく似合ってるし最高に綺麗《きれい》だ。待ってる間に他の女の子をたくさん見てきたけど、やっぱり小雪が一番可愛いよ。こんな子と一緒にプールでデートできるなんて、俺はなんて幸せ者なんだろう」

「うっ、ぐう……！　と、当然でしょ、だって私は完璧、ですもの……！」

「おっ。今日は耐えたかー」

この前のデートでは私服を褒められて逃げようとしたが、少しだけ耐性がついたらしい。

ぷるぷる震えて顔を背《そむ》けるものの、逃走を図ったりはしなかった。

進歩した彼女の手を取って、直哉はプールの方を指し示す。

「よし、それじゃあ最初は流れるプールだ。行こうぜ」

「流れるプール⁉　し、仕方ないわね。付き合ってあげようじゃない」

そうは言いつつも、小雪の顔は期待にキラキラと輝いた。

なんだかんだと渋ってはいたものの、やはりプール自体は楽しみらしい。

そんな彼女に、直哉はニヤリと笑う。

「もしもプールの中で水着の紐が外れるなんてハプニングが起こっても、俺が全力で対処するからな。安心してくれ」

「大丈夫よ。これ、飾り紐だからほどけても問題ないの」

「ちっ……二次元なら絶対そういう展開になったのに」

「今日の直哉くん、ほんとにテンション高いわね……まあいいわ。早く行きましょ」

「ああ、それじゃあその前に。はい、これ」

「な、なに？」

準備しておいた品を手渡すと、小雪はきょとんと目を丸くした。

「浮き輪……？」

「そうそう。あそこで貸し出してもらったんだ」

さすがは大きな施設なだけあって、レンタルコーナーの品揃えは万全だった。

直哉が借りてきたのは大きな浮き輪だ。二人くらいなら余裕で入ることができる。

「これがあれば、カナヅチの小雪でも安心だろ」

「ま、まあたしかに……ね」

ごにょごにょと言葉を濁す小雪だが、観念したように眉をへにゃりと下げる。

「球技も陸上も得意な方だけど、水泳だけはどうしてもダメなのよね……何ていうか、水の中って怖いじゃない」

「気持ちは分かるけどさ。ちなみにどれくらい泳げない？」

「えっとね、水に顔をつけて……十秒くらいなら我慢できるわ！」

「泳ぐとか以前の問題かー」

とはいえ、これも想定内のことだった。

直哉は小雪を振り返ってにっこりと笑う。

「それじゃバタ足の練習でもするか？　ほら、俺が手を持っててあげるからさ」

「なんだか嬉しそうねえ……」

そんな直哉に、小雪はジト目を向ける。

「私が泳げないのが、そんなに面白いっていうわけ？」

「そうじゃないって。小雪がちゃんと言ってくれるのが嬉しいんだよ」

食堂でプールに誘ったときは他人の目があったため、小雪は虚勢を張ってしまった。

しかし、ふたりきりになったらこの通り、ちゃんと素直に打ち明けてくれる。それが直哉には嬉しいのだ。

「それって俺のことを信頼してくれる証拠だろ？　俺は言ってもらわなくても分かるけど、しっかり言葉にしてもらえるのは嬉しいものなんだよ」

「そうなの……？」

「うん。でも、できたら他の人がいる前でも、それくらい素直になった方がいいと思うけどな。

友達作るんだろ」

「うっ……ぜ、善処するわ」

小雪は神妙な面持ちでこくりとうなずく。

まだまだ『猛毒の白雪姫』を完全脱却するには遠そうだが、直哉はいい兆しだと思えた。

「でも、今日は直哉くんにだけ素直になる、から……」

小雪は浮き輪で口元を隠しながら、上目遣いに言う。

「泳ぎの練習もいいけど……い、一緒に浮き輪で遊びたいな、って」

「もちろん。よろこんで」

それに直哉は軽くうなずいて笑ってみせる。

当然、小雪がそんなふうに望むことは分かっていた。それでもちゃんと言葉にしてもらえる幸せを、直哉はしっかりと噛みしめる。

小雪も同じ思いなのか、ふんわりと表情をゆるめてみせた。

ほんのり赤くなった耳を照れ隠しに触りつつ、直哉にそーっと近づいてきて――。

「そ、それじゃあ一緒に………ひっ⁉」

突然、その笑顔が引きつった。

その視線は、直哉の背後に釘付《くぎづ》けだ。

「えっ、なに。どうし――」

「待って隠れて⁉」

「うわっ⁉」

振り返ろうとした矢先、小雪にぐいっと腕を引かれて物陰に押し込まれる。

そのあとに小雪も続いて隠れてくるのだが、狭い場所のため必然的に密着することになった。

これくらいの距離なら何度も経験がある。

しかし今日はお互い水着なので、肌と肌とが直接ぺたっと密着した。

体温がじかに伝わってくるし、瑞々《みずみず》しい素肌の感触が心臓に悪い。その威力は凄《すさ》まじいもので、直哉はひゅっと息をのんだ。

（急に何のご褒美だ⁉）

ドギマギする直哉をよそに、小雪は物陰からそーっと顔を出す。

ラブコメイベント中だというのに、その横顔は真剣そのものだ。

直哉も気になって小雪をならって顔を出す。

視線の先のプールサイド、人々がわいわいと楽しそうにはしゃぐ中――よく見知った顔がいた。

「おそいよー！　巽《たつみ》！」

「そんなに急ぐ必要ないだろ。プールは逃げないんだからさあ」

幼なじみの結衣と巽だ。

ふたりとも水着姿で、はしゃいで駆け出す結衣のあとを、巽が頬《ほお》をかきつつ追いかける。

それだけならば普通のデート風景なのだが、結衣の隣にはもうひとりいた。

小雪の妹の白金《しろがね》朔夜だ。

朔夜の方を見て、結衣はにこやかに言う。

「これくらい普通だよねえ、朔夜ちゃん。急がないと全部回りきれないもん！」

「うん。せっかく来たんだから全力で楽しまないと」

「そんなに最初から飛ばしてると、あとでバテるぞー」

意気投合する女子ふたりに、巽はやれやれと肩をすくめてみせた。

ほのぼのとした三人だが、それを物陰から見つめる小雪の顔は引きつっていた。

「夏目さんたちはデートだとしても、なんで朔夜までいるの……⁉」

「あ、やっぱ気付いてなかったんだな。俺らのすぐ後ろで入場してたぞ」

「どうして言ってくれなかったわけ⁉」

小さく悲鳴を上げる小雪だ。

「いやあ、いつ気付くかなあ。と思って」

「報告・連絡・相談は大事なんだからね……！」

施設に入館したときも、更衣室に行く前も、朔夜は近くでこっそりこちらの様子をうかがっていた。

何度もツッコミを入れようかと思ったが、小雪がいつ気付くか気になってスルーしたのだ。

結衣たちはこちらに気付くこともなくプールサイドで話に花を咲かせる。

「それにしても奇遇だよねえ。朔夜ちゃんも友達と一緒に来たの？」

「ううん。今日は私だけ」

「ひとりでプールとかストイックだなあ。一泳ぎしにきたのか？」

「違う」

巽の問いかけに、朔夜はゆっくりとかぶりを振る。

相変わらずの無表情だし、声も非常に淡々としていた。

レースたっぷりの花柄の水着でばっちり決めているというのに、レジャー施設に来たとは思えない冷静沈着ぶりだ。

ちなみに結衣はちょっと大人びたビキニ姿である。巽は普通のトランクス型。

朔夜はプールで遊ぶ人々を見て、ため息をこぼす。

「お姉ちゃんとお義兄《にい》様が、今日ここでデートするっていうから偵察に来たの。将来、ふたりの式で流すムービーに使えるかと思って。でも……」

そこで言葉を切って、また盛大なため息。

表情筋はぴくりともしないが、そこでかすかに眉が寄った。

朔夜は納得がいかないとばかりに重い愚痴《ぐち》をこぼす。

「カメラを持って入っちゃダメって、係員さんに止められた」

「そりゃそーだよ。完全に盗撮犯だもん」

「出禁にならなかったことをまず喜ぶべきじゃね？」

結衣と巽は白い目でツッコミを入れる。

すぐそばの壁には『怪しい人物を見かけたら係員までご連絡ください！』という看板が立てかけられていた。携帯カメラやデジカメが広まったこのご時世、盗撮は身近な犯罪である。

一方、小雪は頭を抱えるばかりだ。

「式って何の式なのよ……⁉」

「あはは……」

直哉は笑ってごまかすしかない。

物陰で姉がダメージを受けているとも知らず、朔夜はぐっと拳を握る。

「でもカメラがなくても大丈夫。私、絵を描くのは得意なの。ふたりの水着デートをこの目に焼き付けて、帰ったら爆速で仕上げてみせるから」

「お姉さんカップルは、朔夜ちゃんにとって何なの？」

「私の推しのひとつ」

朔夜は目をらんらんと輝かせて言う。

姉カップルの水着デートを、何としてでも形に残そうとする熱意が伝わった。

おかげでその姉当人は顔を真っ赤にして小声で呻くのだ。

「絶対に、朔夜たちには見られたくない……！」

「ああうん。言うと思った」

「当然でしょ！　見られたが最後、結婚式会場の大画面で私の水着姿が大写しにされるのよ……！　そんなの恥ずかしすぎるもの……！」

小雪は真っ赤な顔でぷるぷる震える。

そんな彼女をなだめながら、直哉はすこし目を泳がせてしまうのだった。

(式を挙げることに関しては異論がないんだな……)

そうは思ったが、ツッコミはぐっと堪えておく。

小雪は真っ赤な顔のまま、ごにょごにょと続けた。

「あと……夏目さんにはプールを勧めてもらったときに『絶対に嫌！』って言ったから……ここで会うと気まずいのよね」

「結衣は気にしないと思うけどなあ」

「私が気にするの！」

意地っ張りの天邪鬼《あまのじゃく》らしい発言である。

そんな小雪に、直哉は肩をすくめてみせた。

「それじゃあどうする？　あの三人に見つかる前に帰るか？」

「うっ……せっかく来たし、それはちょっと……」

小雪は言葉を濁して悩み始める。

デート姿を見られるのは嫌だが、プールを楽しめないのはもっと嫌らしい。

三人の話はなおも弾み、巽が朔夜に話を振る。

「ちなみに、朔夜ちゃんの推しって他にどんなのがいるんだ？」

「今はお姉ちゃんカップルと、ライトノベル作家の茜屋《あかねや》先生。このふたつを追いかけるのが生きがい」

「へー、ファンなんだな」

「うん。この前お義兄様からいただいたサイン色紙は家宝にしている」

「じゃあ、今日はちょうどいいかもしれないねぇ」

「だな」

結衣と巽はいたずらっぽく顔を見合わせる。

それに朔夜はきょとんと小首をかしげてみせた。

「何の話？」

「お待たせ～」

ハスキーな声が三人に降りかかる。

歩いてくるのは桐彦《きりひこ》だ。直哉の親戚かつ、バイト先の店長。

こちらも普通の水着姿だが、上にシャツを着ている。長い髪をひとつにまとめたその姿は中性的で、すれ違う人々がはっとしたような顔で振り返っていた。

そんな彼のことを、結衣は腰に手を当てて出迎える。

「遅いじゃない、桐兄《きりにい》。いったい何してたわけ？」

「ああ、ちょっとね……」

桐彦は整った顔立ちをかすかにゆがめ、頬に手を当ててため息をこぼす。

「防水のネタ帳を係員さんに見咎《みとが》められて……今の今まで話し合いよ。カメラじゃないからOKかと思ったのに！」

「あんたも不審者に間違えられてたのかよ」

「仕方ないでしょ！　今日は現役《げんえき》高校生カップルのデートを密着取材する、またとないチャンスなんだから！　全力でモノにしなきゃ損じゃない！」

「入場料とか全部払ってもらった手前言うのもなんだけど、必死すぎるだろ」

巽が呆《あき》れたようにぼやく。

そんな中、朔夜は結衣の肩をつんつんついて、こそこそと尋ねる。

「夏目先輩。こちらの方はどちら様です？」

「あ。やっぱり朔夜ちゃんは会ったことなかったんだねー」

「あら？　小雪ちゃんそっくり……っていうことは、ひょっとして噂《うわさ》の妹さんかしら！」

「は、はい。白金小雪の妹で、白金朔夜っていいます」

朔夜はぺこりと頭を下げて挨拶する。

突然現れたオネエキャラに、やや戸惑っているようだった。

眉をほんの二ミリほど寄せて桐彦の顔をのぞきこむ。

「お姉ちゃんをご存じなんですか？」

「ええ、直哉くんと一緒に家まで遊びに来たことがあって……あっ、あたしったら自己紹介がまだだったわねえ」

桐彦はにっこりと笑い、軽く手を振って名乗る。

「茜屋桐彦っていいます。よろしくね～」

「……はい？」

朔夜がぴしっと凍り付く。

もとより無表情気味だったのに、顔から一切《いっさい》の感情がかき消えた。

ごくりと喉《のど》を鳴らして桐彦へおずおずとたずねる。

「ひょっとして、お義兄様の親戚で、ライトノベル作家の……？」

「そうよ～。前に直哉くん経由でサイン色紙を渡したと思うけど、あれは気に入ってもらえて……って、朔夜ちゃん⁉」

「きゅう……」

ばたーんと倒れそうになる朔夜のことを、桐彦が慌てて受け止める。

どうやら突然現れた推しにキャパシティがオーバーしたらしい。微笑《ほほえ》ましそうに見守っていた結衣と巽もこの展開は予想外だったのか、そろって目を丸くする。

(うわあ、めちゃくちゃ面白いことになってる……)

直哉は出て行きたくなるのをぐっと堪えた。

そうこうするうちに小雪が結論を出したようだ。

「夏目さんたちと会いたくないけど、プールでは遊びたい……だったら……!」

ぐっと拳を握って、小声で決意を叫ぶ。

「こっそりバレないように遊ぶ!　これしかないわ!」

「小雪は何と戦ってるんだ?」

そうツッコミつつも、直哉はその案に乗った。

それはそれで面白そうだったからだ。

三章　もりだくさんのプールデート

まずふたりが向かったのは流れるプールだ。

館内のプールゾーンをぐるっと囲むように円形になっており、その内側に普通の二十五メートルプールや、子供用の浅いプール、ウォータースライダーや飲み物などを売る屋台が配置されている。

流れるプールを一周すると、他の様々なコーナーに目が移る仕組みだ。

中でもやはり流れるプールは盛況だった。

とはいえ芋洗いといった様子でもなく、ほかの客たちと適度な間隔を開けて楽しめそうだ。

直哉《なおや》は先陣を切ってプールに入る。

「うん。思ったよりぬるめだ。これなら長時間遊べると思うぞ」

「ほんと？　それじゃあ私も……」

小雪《こゆき》は浮き輪を装備して、恐る恐る水へとつま先をつける。

危なっかしい彼女の手を取ってゆっくり水中へ導けば、とうとうちゃぷんと音を立てて入ってきた。浮き輪にぎゅうっと摑《つか》まって、小雪はあたふたと水流に乗る。

「わわっ、思ったより深いのね……！」

「浮き輪があるから大丈夫だろ」

浮き輪の縁をつかんで、直哉はそれに付き添った。

プールは少し深めで、小柄な小雪だとつま先立ちでようやく顎《あご》が水面から出るくらいだ。

浮き輪のおかげで溺《おぼ》れることはなさそうだが、足がつかないのが不安らしい。

小雪の横顔はほんの少しだけ強張《こわば》っていた。

だから直哉はその緊張をほぐすため、朗らかに話しかける。

「小雪はこういうプール、朔夜《さくや》ちゃんとかと一緒に来たりしないのか？」

「へ？　うーん……夏は海に行くことが多いから、たしかにあんまり経験ないかも」

「へえ、海もいいよなあ。市内の海？」

「いいえ、イギリスのおじいちゃん家《ち》の近くにリゾート地があるの。あとは軽井沢とか箱根とかの避暑地に行ったりするわね」

「そういえばお嬢様だったな……」

何度かお邪魔した白金《しろがね》家はかなりの豪邸だった。

たしか父親のハワードはアンティーク家具などの輸入会社を経営しているらしいし、そういう意味では社長令嬢とも言える。

直哉がしみじみしていると、小雪は得意げに鼻を鳴らしてみせた。

「ふふん、今ごろ気付いたのかしら。庶民の直哉くんとは住む世界が違うのよ」

「うん。たしかにそうかもしれないなあ」

「えっ」

直哉があっさりうなずいたせいか、小雪が目を白黒させてこちらを見る。

てっきり否定《ひてい》されると思っていたのだろうが、直哉が庶民なのは紛《まぎ》れもない事実だ。本当なら小雪と接点もできず、プールに来ることなんてなかっただろう。

それでもふたりは出会い、こうして一緒にいる。

「庶民とお嬢様が恋に落ちるとかよくある展開だろ。身分違いの恋ってやつ。だからそういうの、むしろ大歓迎っていうか」

「うっ、ぐ……！　何で真顔でそういう恥ずかしいことが言えるんだか……」

耳の先まで真《ま》っ赤《か》に染めつつ、小雪はそっぽを向いてしまう。

いつも通りのやり取りではあるものの、最近では直哉のアタックにもやや慣れてきたのか、よほどのこと以外では取り乱すことはなくなっていた。

そんなやりとりを交わす間も、水流はふたりを押し流す。

あたりには様々な人が見える。家族連れに学生グループ、カップル……誰《だれ》も彼もがプールで水遊びを楽しんだり、プールサイドの休憩スペースで飲み物やアイスを手にしてくつろいでいたりする。

しばし小雪はそんな人々の様子を眺め見て、小さくため息をこぼしてみせた。

「でもそうね、こういうプールだったら……最後に来たのは小学校のころかしら」

「やっぱりそれも家族と？」

「うん。それと……あのころの友達と、よく来たわ」

小雪はすこし言いよどんでから小声でぽつりと打ち明けた。

それが、当時仲違《なかたが》いしてしまった友達を指すのだろう。

直哉は分かっていたものの、特に確認を取るでもなく「へえ」と軽い相づちを打つ。

そのおかげか、小雪はぽつぽつとその友達について話し始めた。

「ちえちゃん、っていう子なんだけど。私と違って、すっごく泳ぎが上手でね。大人用のプールですいすい泳げるのに、私に付き合って子供用プールで遊んでくれたの。優しい子だったし……運動だけじゃなく、勉強もよくできたんだから」

「へえ、文武両道か。小雪と一緒だな。だから仲良くなったのか？」

「どうかしら……少なくとも、ちえちゃんは私みたいな子じゃなかったわね。私以外にも大勢お友達がいたもの」

そこまで言って、小雪は口をつぐんでしまう。

目線はプールサイドに向けられているものの、ここではないどこかを見つめていた。きっとその友達のことを思い返しているのだろう。

（そんな相手に嫌われてたなら、相当ショックだったんだろうなあ……）

しかしその友達について語る小雪の口ぶりから読み取れたのは、マイナスの感情ばかりではなかった。懐かしさだったり、愛おしさだったり。

きっとまだ、小雪は彼女のことが好きなのだ。

嫌われていたと知っても、嫌いになれずにいる。

だからこそ決別に至った経緯が今でも余計に堪《こた》える……そんなところだろう。

直哉はハラハラするものの、話を変えたのは小雪の方だった。

ふと気付いたとばかりに辺りを見回して、小さく首をかしげてみせる。

「それにしても……夏目《なつめ》さんたち、いったいどこに行ったのかしら」

「ああ。ぶっ倒れた朔夜ちゃんを運んでいったし、医務室あたりじゃないかな？」

憧《あこが》れの作家である桐彦《きりひこ》との対面は、朔夜にとってかなり衝撃的なものだったらしい。

倒れた朔夜を担《かつ》いで、結衣《ゆい》たちはプールとは別方向に歩いて行った。

きっと今ごろは介抱してくれているのだろう。

そう言うと、小雪はぱっと顔を輝かせる。

「じゃあ、今のうちにめいっぱい楽しめばいいのね」

「妹が倒れたっていうのに冷たいなあ」

「夏目さんたちが付いてくれてるなら平気よ」

「そっかー。ならいいんだけどさ」

「なによ、その微笑《ほほえ》ましそうな目は……」

にこやかな直哉に、小雪は訝《いぶか》しげに眉《まゆ》を寄せる。

小雪が結衣たちと話すようになったのは、ほんの二ヶ月ほど前のことだ。

最初は人見知りを発揮してガチガチになっていたというのに、それと比べればずいぶんと慣れたようだった。

(なんせ友達になるって宣言するくらいだもんな。俺《おれ》以外にも気の許せる相手ができるのはいいことだよなあ)

かつての友達――ちえちゃんとの手痛い過去があるにせよ、小雪はしっかり前を向けている。

そのことが分かって、直哉はついつい頬《ほお》を緩《ゆる》ませてしまうのだ。

「変な人ねえ……まあ、直哉くんが変なのは今に始まったことじゃないけど」

不審そうな目で見ていた小雪だが、勝手に納得したようだった。

そんな話をしている内に、気付けば見たことのある景色が近づいてくる。最初に流れるプールに入ったあたりだ。どうやらもう一周してしまったらしい。

そのころにもなれば小雪も水に慣れたようで、満面の笑みを向けてくる。

「ねえ、そろそろ一周するけどもう一度回ってみない？」

「そうだな。小雪がいいなら俺も……あっ」

にこやかにうなずく直哉だが、そこで言葉を切ってしまう。

プールサイドに目を向けて、それからの行動は迅速だった。

「ちょっとごめんなー」

「ふぇっ⁉　なっ、なに急に⁉」

小雪の使っていた浮き輪の中に、直哉は無理矢理入り込む。

大きめのものを借りたおかげで、ふたりで使っても窮屈さは感じない。それでもやはりどうしても体が触れてしまうし、顔もぐっと近くなった。

（おお、分かっていてもちょっとドキドキするな……）

覚悟の上での行動だったが、やっぱり慣れないことは心臓に悪い。

小雪の顔も、落ちる寸前の果物のような色に染まっていた。

「ほ、ほんとに何……⁉」

「しーっ」

慌てふためく小雪に、直哉は人差し指を立ててみせた。

そうする間にも、ふたりはゆっくりとプールサイドの休憩スペースの前まで運ばれていく。

やがて小雪も息をのんで、じっと押し黙るようになった。

ベンチが並ぶその場所に妹の姿を認めたからだろう。

朔夜は目の前の桐彦にぺこりと頭を下げる場面だった。

直哉は彼らに背中を向けた格好ではあるものの、声のトーンや物音で真後ろの様子が手に取るように分かった。

「急に倒れてしまって、申し訳ありませんでした。まさか茜屋《あかねや》先生に会えるなんて思わなくて……」

「いいのよぉ。それより、好きな作家がこんなのでごめんなさいねえ」

そんな彼女に、桐彦はおっとりと笑う。

「あたしいわゆるオネエってやつなの。幻滅したでしょ?」

「いえ、全然気にしません。そういう個性も素敵だと思います」

「あ、あら、そう?」

朔夜は淡々と、それでいて力強く断言する。

表情は一切《いっさい》変わらないものの、その目に宿る光はとても強かった。戸惑い気味の桐彦に、朔夜は続ける。

「それより、先生はどうしてプールにいらしたんですか?」

「ああ、今日は密着取材に来たのよ」

すぐそばでかき氷を食べる結衣と巽《たつみ》を指し示し、桐彦はぐっと拳《こぶし》を握る。

「現役《げんえき》高校生カップルの水着デート! こんなのネタの宝庫でしょ! そう思ってふたりを

雇ったのよ！」

「つまりはバイトだよね。入場料と食事代ぜーんぶ込みで連れてきてもらったんだー」

「俺らも直哉つながりで、桐兄《きりにい》とは昔から付き合いがあるからな」

「なるほど、さすがは先生。作品作りに対する貪欲《どんよく》な姿勢、尊敬します」

「す、すごくグイグイ来るわね……誰かさんの影響かしら」

目を輝かせる朔夜に、ますますたじろぐ桐彦だった。

そんな中、巽は残ったかき氷を一気に流し込んで頬をかく。

「てか、俺らより直哉たちを取材した方がいいんじゃね？　あっちの方がネタには事欠かないと思うけど」

「それはあたしもちょっとは考えたんだけどね……」

桐彦はかぶりを振ってため息をこぼす。

「取材なんて言ったら、小雪ちゃんったら絶対ガチガチになっちゃうでしょ。ラブコメの参考にするにはちょっとねえ……」

「分かります。お姉ちゃんは人目を意識しすぎるところがあるので」

それに朔夜がうんうんとうなずいた。

そうして流れるプールへ目線を向ける。

ちょうど朔夜たちの方からは直哉の背中しか見えず、小雪の姿はほとんど隠れてしまうアングルだ。こちらをまっすぐ指さして、朔夜は淡々と言う。

「あそこのカップルなんて昼間から密着するくらい熱々なのに」

「……わー。幸せそうねー」

「ほんとだ、ラブラブだねー」

「あれはさすがに真似《まね》できねえな……」

口々にはやし立てる面々である。

しかしプールのコースがぐねぐねと曲がっていたおかげで、すぐに四人から見えない位置まで水流が直哉たちを運んでくれた。

そのタイミングで、凍り付いていた小雪が大きく息を吐く。

「び、びっくりしたあ……」

そんな彼女に直哉はくすくすと笑う。

「本当にガチガチになったな」

桐彦の読みはかなり当たっていたようだ。

小雪はすっかり緊張も解けたのか、にこにこと直哉に笑いかけてくる。

「びっくりしちゃったけど……夏目さんたちから見えないように守ってくれたのね。直哉くんのくせに気が利《き》くじゃない」

「ああうん、たしかにそれもあるけどさ」

結衣たちを見つけて、小雪の盾になったのは本当のことだ。

しかし直哉にはそれ以外の目的があった。言わなくてもいいことだとは思うものの……直哉は頰をかきつつ、正直な気持ちを打ち明ける。

「せっかくだし、もうちょっと近くに寄りたかったというか……」

「へ…………⁉」

狭い浮き輪の中で向かい合った状態になっていることに、小雪はようやく気付いたらしい。

プールに入る前も密着するイベントがあったものの、今回はそれよりもっと近い。

おまけに互いの体がしっとり濡《ぬ》れているせいで、触れた肌が吸い付くようになる。

小雪の銀髪からは玉のような滴が滴《したた》り落ちて色っぽい。

押しつけられて形を変えた胸を見下ろす形になって、その谷間もはっきり見えるし——改めてその事実に向き合って、直哉はごくりと喉《のど》を鳴らす。

（たしかにいろいろ期待したけど……これはちょっと心臓が持たないな？）

自分で招いた展開ではあるものの、少し刺激が強すぎた。

そしてそれは小雪も同じらしく——まずい、と思った次の瞬間。

「っっ、きゃあああああ！」

「うわっ、待て待て！　俺が悪かったから逃げるな！　溺れるだろ⁉」

小雪は絶叫を上げて浮き輪から逃げようとするので、直哉は慌てて制止した。

結局、そのままふたりは流れるプールから上がることになった。

結衣たちがいた場所からはすこし離れた休憩所で、小雪はぷんぷんと頬を膨らませる。

「まったく油断も隙《すき》もないんだから！」

「ごめんって。たしかにあれはやりすぎた」

「ふんだ。絶対許してあげないんだから」

直哉は誠心誠意頭を下げるものの、小雪の機嫌は直りそうになかった。

陸に上がったというのに浮き輪を装備したままなので、その分だけ直哉との距離ができている。つーんとそっぽを向いたまま小雪はねちねちと続けた。

「夏目さんたちから隠してくれたのはお礼を言うけど、破廉恥《はれんち》なのはよくないと思うわ。ほんっとデリカシーに欠けるんだから」

「はい。反省します」

「他のお客さんたちもこっちを見てたし、すっごく恥ずかしかったんだからね……！」

「うん。もうしません」

他の人たちが直哉たちを見たのは小雪が叫んで暴《あば》れたからだし、恥ずかしかっただけで嫌ではなかったんだな……などなど言いたいことはあったが、直哉はそれらを胸の内にしまっておいた。

さらに怒らせるのが目に見えていたからだ。

(うーん、どうしたもんだか。あ、そうだ)

視線をあちこちにさまよわせ、打開策を見つけた。

直哉は明るい声を心がけ、小雪の背中に声をかける。

「プールに入ったし小腹が空いただろ。かき氷でも食べないか？　ほら、あっちに屋台があるからさ」

そう言って指し示すのはかき氷の屋台だ。

遊んで汗を流した人々が、冷たさを求めて列を作っている。

「さっきのお詫《わ》びにおごるよ。何がいい？」

「も、物で釣ろうっていうわけ？　呆《あき》れるくらいの浅知恵ね」

小雪はちらっと屋台を見てふんっと鼻を鳴らす。

少し心を動かされたようだが、もう一押し足りないらしい。

だから直哉はとどめを刺すべく、そっと耳打ちする。

「あそこのかき氷、好きなフルーツをトッピングしてもらえるみたいだぞ」

「っ……！」

「あと、練乳かけ放題」

「わ、悪くないわね……！」

小雪がそっぽを向いたまま声を絞り出した。陥落である。

「それじゃあイチゴ大盛りの練乳たっぷりで！　早く行くわよ！」

「はーい。走ると転ぶぞー」

まっすぐ屋台に向かう小雪のことを、直哉はゆっくりと追いかけた。

それから十分後。

ちょうど二人がけのテーブル席が空いていたので、そこに陣取っておやつタイムとなった。

「おいしそう！」

そのころにもなれば、小雪はすっかり笑顔が戻っていた。

念願のかき氷（イチゴ大盛り練乳たっぷりかけ）を前にして目をキラキラと輝かせる。

「綺麗《きれい》だし美味《おい》しそうだし……食べるのがもったいないくらいだわ！」

「喜んでもらえてよかったよ。でも早く食べないと溶けるぞ」

「うっ……分かってるわよ。それじゃあ遠慮なくいただくけど」

スプーンを手にして、小雪は首をかしげてみせる。

「直哉くんは本当にそれだけでいいの？」

「うん。あんまり腹も減ってないしな」

直哉が頼んだのはペットボトル飲料一本だ。しかも温かいお茶という渋めのチョイス。

豪勢なかき氷とは対照的なそのメニューに、小雪はへにゃりと眉を下げてみせる。

「ひょっとして、私にごちそうしたせいでお金がなくなったとか……？」

「いや、本当に腹具合に余裕がないだけだから」

好きな子とのプールデートだ。当然、軍資金はそれなりに用意している。

その上でお茶一本を選んだのだ。

朗らかに笑って直哉は言う。

「俺は小雪が美味しそうに食べているところを見るだけで、十分お腹《なか》いっぱいになるからなあ」

「うぐう……ご、ごちそうしてもらったことだし、恥ずかしい発言はスルーしてあげようじゃない……」

小雪はイチゴ並みに赤くなった顔をそむけて、ぼそぼそとこぼした。

かき氷の威力はそれだけ抜群だったらしい。

「それじゃあ、お言葉に甘えて……いただきます！」

お行儀よく手を合わせて、たっぷりシロップがかかった場所をすくってぱくっと一口。

その瞬間、小雪の顔がぱあっと明るくなった。

「おいしい！」

「それはよかった」

「うん。甘酸っぱくて甘くて、いくらでも食べられそう」

小雪はにこにことかき氷を切り崩していく。

ご満悦の様子に、直哉も頬がゆるんだ。

しばしそんな彼女を見守っていると、ふとその手が止まる。

「……………えっと、うん」

小雪はかき氷と直哉を見比べて、気合いを入れるようにうなずく。

そうしてスプーンを、正面に座る直哉にずいっと差し出してみせた。

「特別。あなたにも食べさせてあげるわ」

「あはは、言うと思った」

自分だけ美味しいものを食べていて、申し訳なくなったのだろう。

あと、この味を直哉とも共有したい。そんなところだ。

「いいよ。小雪が好きなだけ食えって」

「そういうわけにはいかないの」

辞退しようとする直哉だが、小雪は一歩も引かなかった。

いつになく真剣な顔で、スプーンを持つ手は小刻みに震えている。それでも小雪は強がるように不敵な笑みを浮かべてみせた。

「施しをするのも高貴な者の務めなのよ。ほら、早く食べてくれないと腕が疲れちゃうんだけど」

「そ、それじゃあ遠慮なく……」

直哉はおずおずと、差し出されたスプーンをくわえる。

氷の冷たさとイチゴの甘さが、口の中いっぱいに広がる。それでもその感覚はどこかぼんやりしたもので、意識のほとんどはスプーンに集中してしまった。

もちろん小雪が使っていた物だ。

堂々の間接キスである。

(うわあ……今日一番恥ずかしいかも……)

意識してしまって、直哉は神妙な顔で口を押さえてしまう。

それに小雪が口を尖《とが》らせてツッコミを入れた。

「なによ、回し飲みくらい何度もしてるじゃない。今さら恥ずかしがらないでよ」

「いや、それとこれとはまたちょっと違うだろ……」

「うっ……わ、分からなくもないけど……」

ふたり、ごにょごにょと言葉を濁して黙り込んでしまう。

ジュースの回し飲みや、弁当のおかずの交換などは経験済みだ。

それでも、こうして食べさせてもらうのは初の体験で。

やはりどうしても、小雪の唇に目が行ってしまう。イチゴのシロップのおかげか、いつも以上に赤く、甘く、そして柔らかそうに見えた。

小雪も意識してしまっているのか、ちらちらと直哉の唇へ視線を向けてくる。

しかしそれを振り払うようにしてまたスプーンを差し出してきた。

「ほ、ほら、もっと食べなさい。あーん」

「い、いただきます……」

直哉は空気に耐えかねて、そのスプーンに食いついた。

小雪もぎこちなく、そのスプーンでかき氷をすくって食べて、また直哉にスプーンを差し出して……そのままふたり、無言のまま交互にかき氷を食べた。

すぐそばに屋台があったので追加のスプーンをもらうことくらい簡単だったはずなのに、どちらもそれを提案することはなかった。

その二重の意味で甘酸っぱいやりとりは――。

「さ、寒い……」

小雪が真っ青な顔でギブアップするまで続いた。

山盛りのかき氷は半分以上残っていて、大部分が溶けて赤いシロップ水になっている。

その皿を、直哉はため息交じりに自分の方へと寄せた。

「絶対こうなると思ったんだよなあ。残り全部もらうぞ。ほら、あったかいお茶を飲め」

「ううう……アフターケアばっちりなんだもん……」

渡されたお茶をちびちび飲んで、小雪は震えながら小さくなる。

直哉はもちろんこの展開を予想していたので、お茶だけ頼んでおいたのだ。

シロップ水に浮かぶイチゴを口へ運んでいく。おかげで幸か不幸か、甘酸っぱい空気はうやむやになってしまった。

「むう、なんだかデートっていうより保護者みたいだし……あら？」

小雪は小声でぼやくが、ふとプールの方へ目を向ける。

視線の先からは多くの悲鳴が聞こえてきて――。

「何あれ！」

小雪が目を輝かせて指をさす。

その方向にあったのは大きなウォータースライダーだ。

この施設の目玉であり、かなりのカーブと傾斜を誇る。楽しそうな悲鳴と水音がいくつも聞こえてくるし、そちらへ向かうカップルも多い。

「ああ、あのウォータースライダーな。ここで一番人気の遊具なんだとさ」

「楽しそう！　ねえねえ、次はあそこに行きましょうよ！」

そばに置いてあった浮き輪を装備して、小雪はにこにこと言う。

お茶で暖まって元気が出たらしい。ころころ変わる表情に見取れつつ、直哉はシロップ水を胃に流し込んだ。

「俺はいいけど……けっこう長くて怖いらしいぞ。小雪、絶叫系ダメだろ？」

「うっ……だ、ダメってことはないわよ。ただちょっとだけ苦手っていうか、直前になると怖くなるっていうか……」

「それをダメって言うんだって」

浮き輪を握る手にすこしだけ力を込めて、小雪は小さくなってしまう。

怖さ半分、楽しみ半分といった様子だった。

それでも後者がわずかに勝ったらしい。眉を下げつつ、上目遣《うわめづか》いでこちらをうかがう。

「な、直哉くんが一緒なら大丈夫だと思うから。ダメ……？」

「……言うと思った。分かったよ」

直哉が笑い返せば、小雪はぱっと相好を崩してみせた。

素直に甘えてくれるのがとても嬉《うれ》しかった。

ふたりは和《なご》やかな空気でウォータースライダーの列に向かったものの——その先頭で待機していたスタッフを見て小雪の顔がぴしっと凍りついた。

スタッフの掲げる大きな看板には『カップル応援キャンペーン』なる文字と、多くのハートマークが踊っていた。

「列に並びながら、カップルのお客様には様々なチャレンジに挑戦していただきまーす！　みごとすべてを達成されたお二方には特別な景品をプレゼント！」

「えっ、ど、どうしようかな……僕たちもやってみる？」

「う、うん……」

高らかに言い放つスタッフの周囲には、もじもじする男女が何組もいる。

どうやらカップル（もしくは友達以上カップル未満）がイチャつくチャンスを与えてくれるイベントらしい。

小雪はギンッと直哉を睨《にら》みつける。

「これを知っていて誘導したわけ⁉」

「いや、さすがの俺もこれは聞いてないかな……」

WEBサイトには、こんなイベントがあるなんて一切書いていなかった。

とはいえクチコミで『カップルで行くと仲が深まる』というのは見かけていたので、こういうことかと納得する。

「どうする？　けっこう軽いミッションみたいだけどやめとくか？」

「うっ、うーん……最初は手をつなぐだけなのね」

ウォータースライダーまでの道中にスタッフが何人か待機していて、列が進むに従って彼らの出す課題を順々にこなしていくシステムらしい。

そして最初のミッションは、どうやら『手をつなぐ』というもののようで。

待機列には手をつなぐカップルが何組も見られた。

一切動じず普通に会話する熟年夫婦なカップルもいれば、真っ赤になって互いから目を逸《そ》らす初々しいカップルもいる。

（小雪はたぶん後者になるだろうなあ）

手をつないだことは何度かあるが、こんな人前では意識してしまってガチガチになるのは目に見えていた。

小雪はうんうん唸《うな》って悩む。

手をつないでみたい気持ちと気恥ずかしさが、ちょうど拮抗《きっこう》しているらしかった。

そこにタイミングよく、スタッフの朗々とした声が響く。

「本日の特別プレゼントは、大人気キャラクター『にゃんじろー』のビーチボールになりまーす」

「やりましょう、直哉くん！」

「俺が言うのもなんだけど、チョロすぎて不安になるよなあ……」

ぐっと拳を握る小雪に、直哉は苦笑を向けるしかなかった。

先日一緒に見た子供向けアニメのキャラクターが、あれ以来すっかりお気に入りになったらしい。その変わりように、直哉はおもわず半笑いを向けてしまう。

「まあ俺は大歓迎だけどな。小雪とイチャイチャできるならなんでもいいよ」

「イチャイチャなんかしませんー。にゃんじろーのために、仕方なく手をつないであげるのよ！」

「はいはい。そういうことにしとこうな」

「ぐうう、物分かりのいい顔が腹立つぅ……と、ともかく早く行くわよ！」

小雪はツンツンしながらも先陣切って列に向かう。

直哉もそれを追いかければ、看板を持ったスタッフが笑顔で出迎えてくれた。

「いらっしゃいませー。カップルさんですか？」

「ゆくゆくはそうなりますね」

「うっ、ぐう……」

直哉が臆面《おくめん》もなくさらっと放った台詞《せりふ》に、小雪は真っ赤になって言葉を詰まらせる。

その反応を見て、スタッフはふたりの関係をだいたい察してくれたらしい。

ますます笑顔を深めてみせて明るく告げる。

「それじゃあ最初のミッションは『手をつなぐ』です。どうぞ！」

「ふ、ふん。これくらいなんともないわ」

小雪は照れ隠しのためか、直哉の手をぎゅうっと握ってくる。

お互いかき氷を食べたばかりで指先はすこし冷えていたものの、その冷たさはあっという間に消え去った。じんわりとしたぬくもりが、触れあった指先から伝わって心臓のあたりまで広がってくる。

ほんのり頬を染めつつも、小雪はふふんと鼻を鳴らす。

「ど、どう？　こんな美少女と手をつなげるなんてラッキーでしょ。ありがたく思いなさいよね」

「うん。あと二十分くらいこのままだし本当に嬉しいよ」

「この列そんなに長いの⁉」

「そうですねー。こちらは人気のアトラクションになっておりますので」

ぎょっと声を上げた小雪に、スタッフは満面の笑みでうなずいてみせた。

かくしてそれから二十分あまり、ふたりは手をつないだまま列に並び続けることとなった。

その間、何人ものスタッフによる難題（小雪基準）が課された。

中でも二番目が特に小雪には堪えたようだった。

少し列が進んだ先にはまた他のスタッフがいて、ずいっとマイクを向けてくる。

「ここでのミッションは『お互いの好きなところを言い合う』です」

「ええええっ⁉　きゅ、急にそんなこと言われても……！」

小雪は真っ赤な顔であたふたする。

その一方で、直哉は空いた左手で顎に手を当てつつ、つらつらと並べ立てる。

「そうだなあ。たまに素直になるところとか、笑顔とか、可愛《かわい》いものが好きなところとか、冷たいように見えて意外と気配りやさんなところとか……」

「この人はよどみなく言うし……！」

あまりに真顔で言ったせいか、ほかの客たちから「おー」という歓声が上がった。

もっと出そうと思えば出せたはずだが、それ以上は小雪が倒れかねないためまたの機会に取っておくことにする。

直哉があっさりクリアしたため、スタッフは小雪の方へマイクを向ける。

「いかがですかね、何か一つだけでもいいんですけど」

「えっ、うっ、そ、そのぉ……」

小雪は視線をさまよわせ、最終的にうつむいてしまう。

直哉が人目を集めてしまったせいで余計に恥ずかしくなったらしい。

しかしそれでも、つないだままの手からは奮い立つような気迫が伝わった。

小雪は小さく息を吸い込んで、マイクが拾えるギリギリの声量でぽつぽつと言う。

「い、いつも一緒に、いて、くれるとこ……かな」

「おー……」

「何その反応⁉」

おもわず直哉がため息をこぼしてしまったので、小雪は真っ赤な顔で叫んだ。

わりとこの回答は読めていた。

しかし『優しいところ』や『頼りがいのあるところ』といった無難な回答に逃げることもできたはずなのに、ちゃんと自分の言葉で考え出した答えだと分かったから、直哉の胸にぐっと響いたのだった。

それは聞いていた他の客たちも同じらしい。

あちこちから「あれはやばい」だの「いいなあ……」だの「お幸せにー」だのといった感嘆の声が聞こえてくる。

スタッフも微笑ましそうに目を細めて、サムズアップしてみせた。

「あはは、今日聞いた中で一番ぐっと来ましたよ！　合格です！」

「どうもありがとうございます」

「ねえ、これまだ続くの？　嘘《うそ》でしょ？　ほんとに……？」

その他のミッションも、ひどく過酷なもの（小雪基準）となった。

腕を組む、互いの手でハートの形を作る、ふたり笑顔で写真を撮る……。

直哉はそれらを涼しい顔でクリアしていったが、小雪はひとつクリアしていくごとに見るも分かりやすく消耗していった。

「いやあ、めちゃくちゃ楽しいな、これ！」

「そう。よかったわね」

「あれ、小雪は楽しくないのか？」

「当たり前でしょ。あんなのていのいい見世物じゃない。私はあなたみたいに羞恥心《しゅうちしん》の欠片《かけら》もないような鈍感な人とは違うのよ」

「でもそうは言いつつ、俺とイチャイチャできて嬉しかったりするんだろ？」

「はあ⁉　そんなことあるわけないでしょ！　まったくもう、早く終わってくれないかしら、この拷問……」

小雪は真っ赤な顔でぷいっとそっぽを向いて、小さくため息をこぼしてみせた。

ともあれその願いが通じたのか列はどんどん進んでいって、とうとうスライダーの入り口が見えてきた。らせん階段を上った先、十五メートルほどの高さの場所が列の終点だ。

スライダーは大きなパイプ型で、ぐねぐねといくつものカーブを描いて、真下に広がる大きなプールに続いている。パイプの中からはいくつもの悲鳴が聞こえてくるし、なかなかスリル満点のようだ。

直哉たちの前に並ぶ女子たちもきゃっきゃとはしゃいで盛り上がる。

「えーっと、そろそろ順番みたいだけど」

「そ、そうね」

階段の途中で、直哉は隣の小雪をそっとうかがう。

予想通り直前になって怖じ気づいたのか、パイプをじっと見つめて顔が凍り付いていた。今すぐこの場から逃げ出したいという思いばかりが伝わってくる。

「……ほんとに行くのか？　けっこう怖くなってきただろ」

「い、行くに決まってるでしょ。浮き輪もあるし平気だもん」

浮き輪を握る手にすこしだけ力を込めて、小雪は硬い面持ちで言う。

それでもどこかホッとした様子だったのは列が終盤にさしかかっていたからだろう。

「このくだらないミッションも次で終わりみたいだし。ようやくビーチボールがゲットできるわ！」

「でもこういう試練って、最後が一番難関だったりするだろ」

「ふふん。ここまできたら何が来ても余裕なんだから」

小雪は不敵な笑みを浮かべて鼻を鳴らす。

完全にフラグだったが、直哉は余計なことを言わなかった。

そうして、とうとうふたりの順番が回ってきた。

小雪とそろってスライダーの入り口まで行くと、係員がにこやかに迎えてくれる。

「それでは最後のミッションです。『前の人にぎゅーっと抱きついたままスライダーを滑る』です！　さあどうぞ！」

「無理!!」

「だよなあ……」

真っ赤な顔で即答する小雪に、直哉はうんうんとうなずく。

遠目に他の客たちの様子を見ていたのでこのミッション内容は分かっていたし、小雪が拒絶することも予想済みだった。

（そもそもこれ、俺も耐えられそうもないしなあ……）

プールの中での密着や、かき氷の食べさせ合い。

それらのイベントだけでもずいぶんな破壊力だったのに、ぎゅーっと抱きつかれるのも、抱きつくのもどちらも未知数で。いくら直哉が洞察力に優れていようとも、それは他人のこと限定だ。自分のこととなるとまったく予想ができなかった。

互いに赤くなったまま固まるふたりに、スタッフはにっこりと笑いかける。

ここに来て二の足を踏む客たちを数多く見てきたのか、慣れたものらしい。

「ぎゅーっとがダメなら、ちょっと手を添える程度でも大丈夫ですよー」

「うっ、そ、それくらいなら……」

その譲歩に、小雪は心を揺さぶられたらしい。

「じゃあその、隣に並んで滑っていい？　前も後ろもなんか怖いし……」

「ああうん……かまわないよ」

そういうわけで、ふたり並んで入り口に腰掛ける。浮き輪は大きすぎてスライダーを通らないということなので、スタッフに預けた。

パイプの中は水が流れていて、先に滑っていった女子グループの悲鳴は瞬く間に遠ざかっていく。スピードは相当なもののようだった。

小雪がおずおずと、控えめに直哉の腰に手を添える。

たったそれだけで心臓がうるさいほどに鳴り響いた。ウォータースライダーに対する緊張など、それに比べればあくびが出るほどに軽いものだ。

（でもまあ、これくらいなら耐えられ――）

そう油断した、そのときだ。

「もうすぐだねえ、巽。あと何回滑ろうか」

「おまえ本当にこういうの好きだよなあ」

聞き覚えのある声が、待機列のすこし後方から聞こえてきた。

腰に添えられた小雪の手がびくりと震える。

「ひいっ！　夏目さんたちがいる……⁉　早く行って！」

「ちょっ……⁉」

顔を隠したかったのか、小雪は直哉の首に腕を回してぎゅうっと抱きついてくる。

これが今日一番の密着だった。押しつけられた胸の感触がダイレクトに伝わって息が止まる。

一瞬で顔が真っ赤に染まったのが分かった。

そんなふたりをスタッフは微笑ましそうな目で見て、軽い調子で背中を押した。

「はい、それでは仲良く行ってらっしゃいませー」

「へっ⁉　うわっ、きゃあああああ⁉」

「うおおおおお⁉」

小雪が絶叫して、さらに抱きつく腕に力を込める。

おかげで直哉にはスライダーを楽しむ余裕など一切なかった。

時間にすると三十秒ほどのアトラクションをあっという間に駆け抜けて――。

ばしゃーん。

ふたりは盛大な水しぶきを上げてプールに落下した。

浮き輪でぷかぷかと水面を漂って、小雪は直哉に抱きついたまま声を弾ませる。

「す、すごく怖かったけど……楽しかったかも！」

「はあ……」

それに、直哉は真顔で生返事をするしかない。

「なあ、小雪……」

「あら、なあに？」

「俺がプールに行きたいって言ったらさ、破廉恥だのなんだのって言ってたじゃん」

「うっ……仕方ないじゃない」

気まずそうに口ごもり、直哉の腰に回した腕をそっとほどく。

そんな小雪の肩にぽんっと手を乗せて、直哉は万感の思いをこめて告げた。

「破廉恥なのは小雪の方だと思うんだ、俺」

「はあ⁉　それはいったいどういう意味……えっ⁉」

目をつり上げて怒る小雪だった。

そのまま突っかかって来ようとするものの、場違いな拍手が聞こえてはっとする。

小雪が目線を向けた先――プールサイドには朔夜と桐彦が並んで立っていた。

「うんうん。最高のラブコメ。どうですか、先生。うちのお姉ちゃんは」

「これよこれ。こういうのが欲しかったのよ！」

ふたりとも温かい目でこちらを見ていて、ほのぼのとしている。

そんな妹たちを見て小雪はぎょっと狼狽《ろうばい》した。

「うぐっ……⁉　な、なんでここに朔夜がいるの⁉」

「なんで、って。お姉ちゃんは自分が目立つってことを忘れないでほしい」

「まあ、その髪色だし直哉くんの陰に隠れたって普通に分かるよね」

「逆にバレないと思う方がおかしい」

桐彦と朔夜は顔を見合わせ、うんうんとうなずく。

どうやらすっかり打ち解けてしまったらしい。

一方で小雪の顔はますます青ざめた。

「ま、まさか最初の流れるプールのときからバレて……⁉」

「うん。熱々ラブラブだったので、こっそり後を付けました」

「かき氷とか恋人ミッションとか、最高のネタになるわ〜。ご馳走様《ちそうさま》〜」

「ぐっ、ううう……！」

小雪の顔が今度は真っ赤に染まる。

そしてその羞恥の矛先は、まっすぐ直哉に向けられることとなった。

「直哉くん……あなた、最初から全部気付いてて黙ってたわね⁉」

「うん」

「ほんっとそういうところある‼」

どんっと突き飛ばされて、直哉はプールに沈む。

攻撃されることは分かっていたものの、それを避けなかったのは……これはこれでご褒美だったから。それにつきた。

四章　お見舞いイベント

★★★★

プールから帰った、その日の夜。

直哉《なおや》は自宅のリビングで小さくため息をこぼしていた。

もちろん充足感たっぷりの、いわゆる惚気《のろけ》に分類されるため息だ。

「はー……楽しかったなあ」

今日は一日たっぷりとプールを満喫した。

朔夜《さくや》たちに見つかって小雪《こゆき》は狼狽《ろうばい》していたものの、向こうのみんなが気を遣ってくれたおかげで、そのあともふたりきりのデートが続行となったのだ。

いろいろな遊具を楽しんで、水着のままで入れる温泉まで堪能した。

泳ぎが苦手な小雪のバタ足練習に付き合ったり。

遊び疲れて、休憩コーナーで横になってたわいのないおしゃべりをしたり。

ジュースを買って回し飲みしたり、また次も来ようと約束したり。

夕方まで存分に楽しめたので、直哉は大満足だった。

まぶたを閉じれば、小雪の水着姿がまざまざと浮かんだ。水滴を弾く瑞々《みずみず》しい肌も、たわわな胸も、小さなおへそも完全に記憶してしまった。

とはいえ、一度で満足できるはずもなく――。

直哉はゆっくりと、噛《か》みしめるようにしてうなずく。

「よし、次は海だな。絶対また誘おう」

まだ夏休みも始まっていないし、定期考査という試練も終わっていない。

しかし心は次の水着チャンスで完全に浮かれていた。

市内の海は混みそうなので、小旅行のような形ですこし遠くに行くのも悪くないだろう。そうすれば今日以上に濃厚なイチャイチャを味わうこともできるはず。

しかしそこまで考えて、直哉は静かにかぶりを振る。

「いやでも……あれ以上はちょっと身が持たないかな……うん」

暴走しかけた己《おのれ》の思考を律する。

ウォータースライダーを滑るとき、小雪にぎゅーっと密着されたときの記憶がよみがえる。

あのときの感想を一言でまとめると『とても柔らかかった』に尽きた。

直哉はおもわずごくりと喉《のど》を鳴らす。

「実際付き合えたら、もっとすごい展開があるのか……すごいな……」

お互い両思いなのは分かりきっている。

ただ、距離を詰めるのはゆっくりでないと小雪が耐えられない。

だから、そんな展開が来るのは当分先だと思うが……将来確実に訪れるイベントへの期待がとめどなかった。

そのせいか、日付も変わる頃合《ころあ》いなのにまだまだ寝付けそうにない。

明日は学校なのになあ、と直哉は幸せなため息をこぼす。

「ほんと、まだ体がぽかぽかしてる気が…………？」

そこで言葉を切る。

おずおずと自分の額に触ってみて、首をひねった。

「これはひょっとして……風邪なのでは？」

嫌な予感に、あわてて体温計を取り出してみる。

三分後、計測器は三十七度八分という数値を示していて……直哉は今日一番大きなため息をこぼし、重い腰を上げた。

「よし………掃除しよう」

笹原《ささはら》邸は二階建ての一軒家だ。

直哉が気ままな一人暮らしを満喫してはいるものの、海外出張中の両親がいつ帰ってくるかも分からないので、いつもそこそこ綺麗《きれい》にしている。

だがしかし風邪を引いてしまったからには、もっと念入りな掃除が必要だった。

◇

次の日の夕方五時過ぎ。

自室で寝ていると、チャイムが控えめに鳴らされた。

寝間着のまま玄関まで出て行けば、案の定そこには小雪が立っていた。制服姿のままで、手にはコンビニのビニール袋を下げている。

心配そうに眉《まゆ》を下げて、小雪はたずねる。

「具合はどう……？」

「まだちょっと熱っぽいかな……」

そんな彼女に直哉は素直に打ち明けた。

顔に浮かべる笑みがずいぶん弱々しかったのか、小雪の眉がさらに下がる。

一応、携帯のメッセージアプリで『風邪で休む』と伝えてあった。『お見舞いは大丈夫だから』とも言っておいたが……やはり気になってお見舞いにやって来たらしい。

（予想通りって言えば予想通りだけど……思った以上に嬉《うれ》しいもんだな）

風邪を引いて弱ったところに、優しさがいつもより沁《し》みる。

じーんとする直哉に、小雪は硬い面持ちで続けた。

「夏目《なつめ》さんから住所を聞いて来たの。いろいろ買ってきたけど……上がっていい？」

「でも、うつしちゃ悪いし……」

「ちょっとお世話したらすぐに帰るわよ。洗い物とかしてあげるわ」

「じゃあ……お願いします」

「はいはい。まったく世話の焼ける人ね。えっと、それじゃあ……お邪魔します」

ちょっとした憎まれ口を叩《たた》きながら、小雪はおずおずと玄関を上がった。

自宅に招かれるのはこれが初めてなので、どうやらすこし緊張しているらしい。

（まさかこんな形で家に来てもらうことになるなんてなあ……）

さすがの直哉も、こんな展開は予想できなかった。

ひとまず一階の和室へ小雪を案内する。

こたつ机とテレビ台……庶民的な取り合わせの家具が並ぶ、ごくごくふつうの六畳間だ。

足を踏み入れて、小雪はどこか目を丸くする。

「あら、一人暮らしなのにずいぶん片付いて……うん？」

感心したような声を上げるものの、何かに気付いたとばかりに口をつぐむ。

そうしてゆっくり直哉を振り返り、呆《あき》れたようなしかめっ面を向けてきた。

「あなた、昨日の夜にお掃除したわね。私がこうやって来ることを見越して」

「あはは……おっしゃるとおりです」

好きな子を家に招くとなると、当然それなりの準備が必要だ。

掃除など基本中の基本だろう。

あちこちに掃除機をかけたし、窓枠には埃《ほこり》ひとつない。

そう説明すると、小雪は呆れたとばかりに眉をつり上げてみせた。

「あのねえ……そんなことしてたから、風邪が悪化したんじゃないの？」

「……あっ」

「そんな簡単なことも分からないなんて……熱があるせいかいつも以上にポンコツねえ」

「おっしゃるとおりです……」

やれやれと肩をすくめられても、直哉はまともに反論できなかった。

お見舞いイベントのフラグを確信して、少し浮き足だってしまったらしい。

「まったくもう。やっぱりお見舞いに来て正解だったわ」

小雪はため息をこぼしつつ、持ってきたビニール袋をがさがさと漁《あさ》る。

こいつを一人にしておくと絶対にマズい……と顔に書いてあった。立場がいつもと逆である。

「使えない病人は大人しく休んでてちょうだい。お昼は食べた？」

「いや……朝起きてちょっと水を飲んだだけで、あとはずっと寝てたもんだから……」

「ほんと世話が焼けるわね。おかゆを買ってきたから温めてあげるわ。お台所を使ってもいい？」

「ああ……うん。あっちだけど」

「分かったわ。それじゃあこれ。ゆっくり飲むのよ」

スポーツドリンクのペットボトルを、わざわざキャップを取って渡してくる。

直哉をこたつ机の前に座らせて、そのまま小雪はさっと台所へ消えていった。

そのまま少し待てば、台所の戸棚を開ける音などが聞こえてきて――。

(うわ、こういうのめちゃくちゃ良いな……)

一人暮らしを始めて一年あまり。

静かな家には慣れてはいたが、自分以外の人の気配が本当に嬉しかった。

よく冷えたスポーツドリンクをちびちびと飲んでしんみりしていた直哉だが、ハッとして腰を上げる。よろよろと向かうのはもちろん台所の方だ。

「小雪……ちょっとストップ……」

「な、なによ。何か欲しいの?」

小雪が目を丸くする。

置いてあったエプロンを引っかける姿は初々しくてとてもいい。

しかしその手元には、まな板と細ネギが置かれていて……彼女の肩にぽんと手を置いて、直哉は諭す。

「無理に包丁を持とうとするな……刻みネギを準備するまでに、小雪だったら三回は指を切るからな……」

「うぐっ……い、一回で済ませようと思ってたもん！　いいからじっとしてて！」

「好きな子の悲鳴が聞こえそうだってのに、じっとしてられるかよ……」

そんなお見舞いでは気が休まる暇はない。

キッチンばさみという神アイテムを小雪に授《さず》けて、あとはハラハラとリビングでおかゆを待つことにする。

十分ほど台所からはバタバタと慌ただしい音が聞こえてきたので、ちょこちょこと声をかけてアドバイスしていたが……最終的には、ちゃんとお椀に盛られた白粥が出てきた。

ほかほかと湯気の立つお椀の隣には、梅干しの載った小皿まで添えられている。

シンプルながらに食欲をそそるメニューを前にして、直哉はぐすっと鼻を鳴らす。

「あの不器用な小雪が、俺《おれ》のために頑張って料理を作ってくれるなんて……感激だなあ……」

「レトルトを温めただけよ……？」

褒められているというのに、小雪は釈然としないようだった。

そんな彼女に、直哉は笑う。

「レトルトでも感激するに決まってるだろ。大事なのは、小雪が俺のために何かしてくれたってことだし」

「そ、そう？」

「ああ、ほんとにありがとな。助かったよ」

「……どういたしまして」

ほんのり頬《ほお》を染めて、小雪はぽつりと言った。

しかしすぐに口を尖《とが》らせて不満そうにぼやくのだ。

「でも、それなら困ったときはちゃんと言ってちょうだい。『お見舞いはいらない』なんてつれないこと、今後なしよ」

「……うん。ごめんな、心配かけて」

「わ、分かればいいのよ」

照れ隠しでつーんとそっぽを向きつつも、小雪はお粥の入った器を取り上げる。

そのまま直哉の隣に座って、お粥をすこしだけすくってふーふー冷まし、レンゲを差し出してみせた。

「ほら、冷める前に食べちゃいなさい。あーん」

「い、いや、いいって。自分で食べられるから……」

「病人はつべこべ言わない。ほら、口を開けなさい」

「あ、あーん……」

昨日のプールでかき氷を食べさせてもらった記憶がよみがえる。

しかし昨日はテーブル越しで、今日は真隣だ。距離が全然違う。

風邪を引いてつまり気味の鼻でも、小雪の甘い匂《にお》いが分かった。

ごくりと喉を鳴らしてから大人しく口を開けると、おずおずとレンゲが差し込まれる。それを心して咀嚼《そしやく》して、ゆっくりと飲み込んだ。

「お。おいしい、です……」

「そ、そう？　だったらもっと食べなさい。ほら、あーん」

「あーん……」

小雪は少し嬉しそうに、またお粥をふーふーしてレンゲを差し出してくる。直哉も大人しくそれに従って、結局ゆっくりと時間をかけてお粥を全部食べさせてもらった。

まだ夕焼けには早く、リビングに差し込む日差《ひざ》しは暖かい。

その日差しに小雪の唇が照らされて、直哉は無性にドキドキした。そしてそれは小雪も同じなのか、今回も互いに言葉少なく、食事を黙々と続けることとなった。

「ふう……ごちそうさまでした」

「お、おそまつさまでした」

結局すこし時間はかかったものの、お粥を無事に完食できた。

空のお椀の前で手を合わせると、小雪はほっと相好を崩してみせる。

「どう。まだ買ってあるけど、おかわりはいる？」

「いや、もう十分かな」

「そう。顔色もよくなったみたいだし……残りは冷蔵庫に入れておくわね」

小雪は手早くお椀を片付けはじめる。

(なんかこう……お嫁さんって感じだな……)

気を抜くと口に出してしまいそうだったので、そこはぐっと堪《こら》えておく。

小雪が動揺してお椀を取り落とす光景がはっきり脳裏《のうり》に浮かんだためだ。

直哉がそんなことを考えているとも知らず、小雪はさっぱりとした笑顔を向ける。

「よし、それじゃあもう一眠りしちゃいなさい。風邪を引いたときは、しっかり食べて休むのが一番よ」

「そうだな……」

直哉はよろよろと立ち上がる。自室は二階だ。

おぼつかない足取りで階段を目指そうとするも……数歩も行かないうちに立ち止まって、後ろの小雪を振り返る。

「……部屋までついてくる気か?」

「当たり前でしょ。ふらふらしてて危なっかしいんですもの」

エプロン姿のまま、小雪はあっけらかんと言ってのける。

好きな子が自室に来るという。大事件と言ってもいいハプニングだ。

普通の男子高校生なら、見られるとヤバい品々を抱えて右往左往するところだろう。

しかし、直哉はいたって冷静だった。

なにしろこの展開ですら想定済みで、対策もきちんと採ってある。

(うん、あの漫画は全部親父の書斎に放り込んだし、あのゲームは押し入れの奥にしまったし……よし、大丈夫だな!)

やっぱり夜中に掃除しておいて正解だった。

それでも小雪と一緒に自室に向かうのは、想定よりドキドキした。

階段を上ってすぐ右手が直哉の部屋だ。扉を開けて中に招き入れると、ここでもまた小雪は呆れたような顔をする。

「ここも綺麗に片付いてるし……そんなことしてるから風邪が悪化するのよ」

「あはは……ごもっともだな」

窓際のベッドに入りつつ、直哉は苦笑を返すしかない。

小雪の言う通り、部屋は整理整頓されている。

本棚の本もレーベルごとにきっちり並んでいるし、学習机にも無駄な物はひとつもない。お手本のような学生の部屋だ。夜中の掃除が功を奏した。

呆れつつも、小雪は興味深そうに部屋を見回す。

「男の子の部屋に入るのなんて初めてだわ……へえ、こんな感じで……うん?」

そこで小雪がぴしっと凍り付く。

視線の先にあるのは学習机の前に張られたコルクボードだ。

学校の予定表や写真がいくつも貼《は》られていて――その一角を指さして、小雪は素《す》っ頓狂《とんきょう》な声を上げる。

「なんで私の写真が飾ってあるのよ⁉」

そこに貼られているのは一枚の写真だ。

制服姿の小雪が、道ばたの野良猫《のらねこ》に一生懸命話しかけているシーンである。猫にデレデレでゆるみきった笑顔がクリティカルヒットしたので、こっそり激写しておいたのだ。

それを正直に言うと小雪は顔を真っ赤《まか》に染めつつ目をつり上げる。

「隠し撮りなんて最低じゃない！　肖像権の侵害よ！」

「ええ……そう言う小雪だって俺の写真持ってるだろ。こっそり撮ったやつ」

「うぐっ……！」

直哉が弱々しく反論すると小雪は言葉を詰まらせる。

ちょうど一ヶ月ほど前、昼ご飯を一緒に食べていて直哉がよそ見をした瞬間、小雪がこっそり携帯を取り出して、ぱしゃっと一枚撮っていたことにしっかり気付いていた。

「あと他にもあるだろ。先週の帰り道とか、先々週に本屋に寄ったときとかさあ。携帯に専用フォルダ作ってるのも知ってるんだからな」

「ひいっ⁉　い、いつの間に私の携帯見たのよ⁉」

「いや、単に推理しただけ。その反応を見るに図星みたいだけどな」

「ぐぬぬううう……！」

文字通りぐうの音も出ないらしく、小雪は顔を真っ赤にして呻《うめ》くばかりだ。

そういうわけで、直哉の隠し撮りは黙認される流れになるかと思いきや――。

「……不公平だわ」

「はい？」

小雪は口を尖《とが》らせて、ムスッとした顔で言う。

「たしかに隠し撮りはしたわ。でも、私はプリントなんてしていないもの。だから不公平だって言ってるの」

「すごい理屈だなあ……」

どうやら開き直り＆逆ギレで切り抜けるつもりらしい。

ベッドに横になる直哉へとびしっと人差し指を突きつけて、勢いよくまくしたてる。

「私もあなたの、ちゃんと印刷した写真がほしいわ。できたら子供の頃のかわい……間抜けな写真！　私も部屋に飾……ゆくゆく脅しの材料に使えるように持っておくのよ！」

「ああ、そう言うだろうと思ってさ……」

「へ？」

直哉は身を起こし、ベッドの下から準備しておいた物を取り出した。

それは数冊分のアルバムで――。

「家族アルバム、親父の書斎から出しておいたから……好きなの持ってってくれていいから……」

「だーかーらー……そんなことばっかりしてるから熱が上がるのよ！」

またもぴしゃっと叱《しか》られてしまった。

小雪が写真をほしがることも想定済みだったが、アルバムのある父親の書斎を覗《のぞ》かれると、隠しておいた肌色成分多めの漫画が見つかってしまう。

そのため、先手を打つ必要があったのだ。

この展開を避けるために小雪の写真を片付けるという手もあるにはあったが……やっぱりそれは惜しかったので、こうするしかなかった。

「あはは……でもまあ、ちょっと休めば……うう……」

「うわわ⁉　大丈夫⁉」

そこで体力が尽きたらしい。

直哉はベッドの上に倒れ伏し、小雪の慌てた声を聞きながらまぶたを閉ざした。

◇

覚醒《かくせい》したのは、ずいぶん経《た》ってからだった。

（……あれ）

ふわふわした心地から一転、直哉はふと目が覚ました。

どうやらあのまま眠ってしまっていたらしい。

お粥を食べて眠ったおかげか、熱もすこしは下がったようだ。そのかわり、寝間着はぐっしょり汗で濡《ぬ》れていた。まぶたもかなり重い。

寝返りを打とうとして……直哉はぴたりと凍り付く。

（あれ……この枕《まくら》、なんか変だな……？）

頭の下にある感触は、慣れ親しんだ低反発枕のものではなかった。

ほどよく柔らかな弾力と、薄い布地の感触。おまけに甘い匂いもする。

仰《あお》向《む》けになったまま、重たいまぶたを無理矢理持ち上げると――まず飛び込んできたのは白い山だった。しかし次第に焦点が合い始め、それが制服の胸部分であることが分かる。

その向こうに、小雪の顔が見えた。

「あら、起きたの」

「小雪……」

こちらの様子に気付き、小雪はめくっていたアルバムをぱたんと閉じる。

ベッドの縁に腰掛けた彼女の膝《ひざ》を枕にして、直哉は眠っていたらしい。

部屋の中ではいつの間にか蛍光灯がともっていた。ベッドに横になったときはまだ日暮れには遠かったはずだが、窓の外はすでにとっぷりと暗くなっている。

まぶしさに目をこすりつつ、直哉はぼんやりした声でたずねる。

「……………なんで、ひざまくら？」

「覚えてないわけ？」

小雪は声にトゲを含ませて言う。

「あなたってばアルバムを出してきて、そのまま力尽きたのよ。それで『もうダメだ、小雪に膝枕《ひざまくら》してもらわないと死ぬ』とか言い出したんじゃない」

「覚えてないけどやりそうだわ……」

風邪で弱ったせいか、ついつい煩悩丸出しになってしまったらしい。

とはいえ過去の自分にお礼を言いたかった。

膝枕をしてもらうのは初の体験だ。柔らかくて心地よくて、ずっとこのまま横になっていたくなる。しかし直哉はその誘惑を振り払い、よろよろと身を起こす。

「長い間ごめん……足、しびれただろ。起こしてくれてもよかったのに」

「別に気にしなくていいわよ」

小雪はさっぱりと笑う。

日の暮れ方からして、けっこうな時間膝枕をしてくれていたはずだが、言葉の通りにあっけらかんとしていた。

「ずーっとアルバムを見せてもらっていたの。おかげで退屈しなかったわ」

「それならいいけど……なんなら帰ってくれてもよかったんだぞ。もう暗いし危ないだろ」

「大丈夫よ。連絡したら、あとでママと朔夜が車で迎えに来てくれるって」

「ああ、お義父《とう》さんはイギリスに出張中なんだっけ……？」

「そろそろ帰ってくるらしいけどね。そういうわけだから、まだ時間があるのよ」

小雪はそう言って、ベッドから立ち上がる。

目線を外しつつぽつりと言うことには——。

「体、拭いてあげる。汗かいたでしょ」

「……言うと思った」

それに直哉は苦笑するしかない。まさに至れり尽くせりだ。

風邪を引いてよかったなあ、という不謹慎な幸せを噛みしめつつも、さすがにそれは申し訳ない。

「そこまでしてもらうのは悪いって。汗臭いだろうし、風邪をうつすかもしれないしさ」

「臭いなんて気にしないわ。それにあいにく、私はあなたと違って自分を律して生活しているの。風邪なんて引くわけないでしょ」

小雪はつーんと言いつつも、ちらっと直哉のことを上目遣《うわめづか》いで見やる。

「それに、私が風邪を引いたら……直哉くんが看病してくれるでしょ？」

「……するけどさあ。よくないぞ、そういうの。拗《こじ》らせたらどうするんだ」

「大丈夫よ。そもそも風邪なんて滅多《めった》に引かないし、たいてい一日で治るし」

お手本のような健康優良児の発言だが、強がりでもなんでもなく事実らしい。

それが直哉には分かるし、おまけに小雪はどこまでも本気で――。

「……ダメ？　私がしてあげたいんだけど」

「………じゃあ、お願いしようかな」

最終的にはうなずくことしかできなかった。

すると小雪はぱあっと顔を輝かせる。

「それじゃあお湯を持ってきた方が良いわよね。待ってて、準備してくるから」

小雪は部屋から出て行って、ぱたぱたと階段を駆け下りていった。

その足音にじっと耳を澄ませてから、直哉はため息を吐き出す。

「また熱が上がる気がする……こんなのもうお嫁さんじゃん……」

心臓はうるさいほどに鳴り響くし、顔も真っ赤なのが自分でも分かる。

顔を覆《おお》って耐えるうちにも、階下では小雪が準備する物音が聞こえてきた。

それから数分も経たないうちに、洗面器にお湯を溜《た》めて戻ってくる。

ベッドのそばに立って――ごほんと咳払《せきばら》い。

「えっと、それじゃあ……ぬ、脱ぎなさい！」

「なんだそのテンション」

照れ隠しなのは明らかだったが、一応ツッコミを入れておく。

言われたとおりに寝間着の上を脱ぐと、小雪は「ぴゃっ」と悲鳴を上げて顔を覆う。

その反応に、直哉は苦笑するしかない。

「脱げって言ったのは小雪なのになあ。あと、上半身くらい昨日のプールで見たはずだろ」

「そ、それとこれとは別だし……！　いいからほら！　後ろ向いて！」

「はーい」

それ以上からかうと逃げてしまうのは分かっていたので、直哉は大人しくベッドの上で背中を向けた。

小雪はドギマギしながらも、タオルをお湯に浸してぎゅーっと絞る。

もちろん様子は見えないが、水音だったり息づかいだったりが間近に感じられるため、かえってその真っ赤な顔がまざまざと脳裏に浮かんでしまった。

(見えない方がなんかこう……心臓に悪いもんだな)

直哉も直哉で、顔の赤みは一向に引く気配がなかった。

「そ、それじゃ……拭いていくから」

「お、おう」

お互いの声はかなりこわばっていて、緊張しているのが丸分かりだった。

小雪はおずおずと直哉の背中を拭いていく。

タオルはちょうど人肌くらいに温められていて、じっとり湿った体によく沁みた。温泉に入ったときのような声が、直哉の口からこぼれ落ちる。

「あー……気持ちいい……」

「ふふ、それはよかったわね」

緊張が緩《ゆる》んだのか、小雪も相好を崩してみせた。

ふふんと鼻を鳴らして居丈高に続ける。

「まったく感謝しなさいよね、私がここまで世話を焼いてあげたんだから。治ったらたっぷりお礼してもらわないとね」

「ああうん、何がいいかなあ。ケーキとかでいいか？」

「はあ？　私のお世話代は高いんだから。そんな子供だましじゃ誤魔化《ごまか》されないわよ。それに私、今ダイエット中なの」

「それは知ってるよ。でも最近、和食以外に新ジャンルも開拓中でさ」

「……新ジャンルって？」

「そうだなあ。オードソックスなスポンジケーキとか、シフォンケーキとか、あとこの時期だったらフルーツタルトとか？」

「つまりケーキって……直哉くんの手作りケーキってこと!?」

叫ぶと同時に、小雪の手が一瞬だけぴたりと止まった。

それには気付かないフリをして、直哉は続ける。

背中を向けているのでニヤニヤ笑いが気付かれないのは救いだった。

「うん。スポンジ焼いて、簡単にクリームとかフルーツとか飾ったやつだけど、よかったら今度試食してくれないかな」

「ふ、ふーん？　直哉くんがそこまで言うのなら、食べてあげなくもないわね」

セリフは高飛車そのものだが、小雪の声は分かりやすく弾んでいた。

やはり甘い物の魅力には敵《かな》わないらしい。

そんな話をしている間にも、小雪は手際よく直哉の背中を拭いてくれた。

おかげで背面は完全にすっきりした。タオルをもう一度絞りつつ、小雪はどこか覚悟するような声で告げる。

「それじゃ……今度はこっち、向いてちょうだい」

「前はさすがに自分でやるって……」

これまでは背中を向けていたから、くだらない会話もできたのだ。

いざ対面してしまえば、絶対に気まずい。

小雪もまた緊張し始めているのが明らかだった。

それでも譲るつもりはないらしい。ふてくされたように唇を尖らせる様子が、背中越しでもよく分かった。

「私がやるって決めたのよ。一度手を出したからには、最後まで責任持ってお世話するのが飼い主の義務でしょ」

「俺はいつから小雪のペットになったんだ？」

責任感が強いのはいいことだが、その長所は別の機会で発揮してほしかった。

直哉はもちろん渋るしかない。

しかしそこで、小雪は思いついたとばかりに手を打って明るい声を上げる。

「あっ、じゃあこうしましょ。私が――」

「却下。そんなことをさせるくらいなら、俺がそっちを向く」

「まだ何も言ってないのに……まあ、それならいいんだけど」

釈然としなそうな小雪だった。

後ろから腕を回して前を拭く……なんてことを実行されたら、気まずいどころの話では済まない。それならまだ対面の方がマシだった。たぶん。どちらも即死には変わりないと思いはした。

そういうわけで第二ラウンドのスタートとなった。

直哉が体ごと振り返ると、小雪は「ひゅっ」と小さく息を呑《の》んだ。

しかし顔を覆うのはぐっと堪えたらしい。耳の先まで真っ赤に染めて、ぷるぷるしながらタオルを握りしめる。

「じゃ、じゃあ、前も拭いていく、から……」

「無理はするなよ……？」

今にもぶっ倒れそうなので、ときめきを覚えるよりもハラハラしてしまった。

部屋の中には時計の針が進む音と、外から聞こえるかすかな車の音だけが響く。

小雪は黙々と体を拭いてくれて……当然、ふたりの間に会話はない。

(近い近い近いって……)

長いまつげを数えられるくらいの距離が心臓に悪い。病み上がりの鼻でも分かるほど、女の子特有の甘い香りがふんわり漂う。

おまけに、よりいっそうたちの悪いことがあった。

「あ、あの……」

しばらくしてから小雪が手を止めて、おずおずと口を開く。

その顔は枝から落ちる寸前の果実のように真っ赤で、目には薄い涙の膜も張っていた。明らかにいっぱいいっぱいのご様子。それでも小雪は震える声を絞り出した。

「あなた……今、私が何を考えているのか……分かったりするの……？」

「…………分かります」

大人しく首肯する以外の選択肢はなかった。

小雪が考えていることはこうだ。

「『ひょっとしたら、このままぎゅってされて、それで、それで……ちゅーとか、しちゃう展開なんじゃないの⁉　どうしよ⁉』……かな？」

「ひいっ……⁉　一字一句、考えてたことそのままだし……‼」

淀《よど》みなく答えてみせると、小雪が悲鳴を上げて凍り付いた。

直哉も同じようなことを考えていたのでおあいこだ。

（まあうん、したいっちゃしたいけど……うん）

自室で好きな子とふたりきり。

完全にそういうムードが出来上がっていると言っても過言ではないし、誰《だれ》がどう見ても据え膳というやつだろう。

しかし直哉は断腸の思いでかぶりを振るのだ。

「でも……今日はやめとこう？」

「えっ……！」

小雪がまた小さな悲鳴を上げる。ショックが顔から隠しきれていなかった。

「な、なんで……？」

「だってほら……俺たち、まだ付き合ってないし……」

「うっ……」

キスを互いに意識するくらいには両思いだ。

だが、正式なお付き合いには至っていない。

その前にキスを済ませるのは、やっぱり順番が違う気がした。

「それに今は風邪だし、絶対小雪にうつすと思うんだよな……だからやめとこう」

ただでさえ同じ空間にずっといるというのに、この上さらにキスまでしてしまえば、確実に風邪をうつしてしまうだろう。小雪はキスの衝撃でも寝込むだろうし……トータル一週間くらいは回復しないに違いない。

そう説明すると、小雪はうつむいて小刻みにぷるぷるしながら――。

「…………よ」

「…………はい？」

「だ、だから……！」

ばっと顔を上げたとき、そこには武士じみた覚悟がにじんでいた。

「いいわよ、って、言ってるの……！」

「いや、聞き取れなかったわけじゃないんだけど……うん」

直哉は頭を抱えるしかない。

以前、桐彦《きりひこ》の家でふたりきりになった時は『えっちなことするつもりなんでしょ！』とあからさまに警戒されたものの、今日の小雪はひと味もふた味も違っていた。

（小雪も場数を踏んで、成長してるってことかー……）

どこか場違いな思いでしみじみしてしまう。現実逃避とも言えた。

そんな直哉の肩をがしっと摑《つか》んで小雪は凄《すご》む。

「風邪くらい引いたっていいもん！　直哉くんのなら、全部受け止めてみせるわ！　ここが千載一遇のチャンスなの！」

「えええ……これから人生長いんだぞ。また他のタイミングがあるって」

「ダメよ！　こうなったら意地でも……奪ってやるんだからあ！」

「だあああ⁉　引っ込みつかないのは分かるけど、ちょっと落ち着けっての‼」

かくして混乱した小雪と取っ組み合いとなり、慌てて朔夜に電話して回収を頼んだ。

その運動が功を奏したのか、一晩寝ると完全に風邪も完治していた。幸い、小雪にうつることはなかった。

直哉はホッと胸をなで下ろしたものの——。

（次またあんなふうに迫られたら……俺、耐えられるかなあ）

病み上がりでそんな予感を抱き、深々と幸せなため息をついた。

五章　手強いライバル

直哉《なおや》が風邪に倒れた、次の日の朝。

二年三組の教室に明るい声が響く。

「おっはよー、白金《しろがね》さん」

「あっ……」

顔を上げると、満面の笑みを浮かべた結衣《ゆい》がそこにいた。

そんな彼女に小雪《こゆき》は力なく頭を下げる。

「おはよう……夏目《なつめ》さん」

「えっ、何なに。なんでそんなにテンション低いの？」

「白金さん、どうしたのー？」

予想外の反応だったのか、結衣がうろたえて、その様子を見て委員長も近づいてくる。

ふたりは顔を見合わせてそろって小首をかしげてみせた。

「白金さん、昨日は直哉の家にお見舞いに行ったんじゃなかったっけ」

「ひょっとして、そこで何かあったの？」

「うっ、うん……ちょっと……ね」

興味津々とばかりのふたりから、小雪はさっと視線を逸らす。

自分からキスをせがんだなんて、死んでも言えるはずがない。

一晩経《た》ってあのときのことを反省し、顔から火が出そうな状態が続いていた。

（なんであんな恥ずかしいこと言っちゃったのよぉ……！　直哉くんも気をつかってくるし……！）

今日は直哉も風邪から回復し、朝一緒に登校した。

待ち合わせ場所で小雪と顔を合わせた途端、直哉は真顔で「うん。分かった。なかったことにするから」と先読みして宣言してみせた。

それから本当に昨夜の出来事には触れることなく、平然とした様子だったが……いつもよりすこし会話がぎこちなかった。

鈍い小雪でもあれは分かる。

直哉も、かなり意識していたのだ。

（昨日の私ってば、ほんっとバカ……！）

顔を覆《おお》って胸中で悲鳴を上げるも、どうしようもない。

そんな小雪を見て、結衣も委員長もきょとんとするばかりだった。

「なんだかよく分かんないけど……どう？　仲は深まった？」

「えっ……そ、そうね……」

結衣の問いかけに、小雪ははっとして考え込む。

先日、直哉との距離を縮めるため、彼女らに相談に乗ってもらった。

そのときから考えると——。

「うん。ちょっとは、仲良くなれた……かも」

小雪は素直な気持ちを言葉に乗せる。

以前よりずっと、直哉の前では素直になることができている。それはつまり距離が縮まったと言っても過言ではないのかもしれない。

「それならいいじゃない！」

委員長がぱあっと顔を輝かせる。

小雪の肩をツンツンしながら、彼女は喜色満面のご様子で続けた。

「結衣から聞いたよー、プールにも彼と一緒に行ったんだってねえ。ラブラブじゃん」

「うっ……ご、ごめんなさい。この前、夏目さんと委員長さんが勧めてくれたときは『絶対嫌』とか言ったのに……」

「いいんだよー、そんなこと。お役に立てたなら嬉しいもの！」

「委員長さん……」

その屈託《くったく》のない笑顔に、小雪はじーんと言葉に詰まる。

これまで人見知りが災いして、クラスメートとはまともに話すこともできなかった。それがあるからこそ、彼女からの優しい言葉が深く胸に刺さったし……それと同時に疑問にも思う。

「委員長さんは、どうしてそこまで私によくしてくれるの？」

「えっ」

「だって私、たしかにあなたのお手伝いをしたこともあるけど……それも本当に数回だけのことだし」

それ以外ではほとんど話したこともなかったはず。

そうだというのに、彼女からの好意は本物だ。

だから小雪は不思議に思うのだが――。

「……そんなの簡単だよ」

委員長はかぶりを振って、満面の笑みを浮かべてみせる。

「そのたった数回で、白金さんのことが大好きになったから。他に理由がいるかな？」

「ふえっ……!?」

あまりに直球の告白に、小雪の顔がぽっと真っ赤《まか》に染まる。

直哉から耳にたこができるくらい言われている言葉だが、当然慣れるはずなどないし、他の人からこんなにまっすぐ言われることなど初めてだ。

小雪は真っ赤になって凍り付くしかなくて、そこに横手から結衣が口を尖《とが》らせつつ抱きついてくる。

「もう、委員長ったら抜け駆けしちゃってさあ。私だって白金さんのこと大好きなんだけど！」

「な、夏目さんまで⁉　急にどうしたの⁉」

「ちょっと結衣！　白金さんは渡さないんだけど！」

委員長ももう片側から抱きついてきたので、両手に花状態となる。

ほかのクラスメートたちが不思議そうな視線を送ってくるものの、その大半はあたたかく見守るようなものだった。『猛毒の白雪姫』と揶揄《やゆ》されていたころに比べるとずいぶんと好意的だ。

小雪はずいぶん長い間友達がいなかった。

最後に親友と呼べる相手がいたのは小学校のころだ。そのせいで、こうしたスキンシップにも耐性がない。

目を白黒させる小雪のことを、彼女らは両側から取り合ってみせる。

「結衣より私の方が、ずっとずーっと仲良くなりたかったんだからね！　それこそ高校入学直後から！」

「一年のとき、委員長さんとはクラスが別だったと思うんだけど⁉」

「そりゃまあ『可愛《かわい》い子がいるなー』ってこっそりチェックしてたからね！」

「知らなかったんだけど⁉」

「委員長の愛はなかなかだねえ。でも私はこの前、白金さんの水着姿を見たしなー」

「なっ……羨《うらや》ましい！　白金さん！　今度私とも一緒にプールに行ってください！」

「えっ、い、いいけど……」

「やったあ！　約束だよ！」

きゃっきゃとはしゃいで頰擦《ほおず》りまでしてくる委員長だった。

（な、なんでこんなに良くしてくれるのかしら……）

小雪は嬉《うれ》しさ半分、戸惑い半分だ。

そんな小雪に委員長はにこやかに続ける。

「本当に白金さんは変わったよねえ。話しやすくなったし、表情も柔らかくなったし。こうしてお話しできるようになって本当に嬉しいよ」

「そ、そうかしら」

「うん。やっぱり……これもその笹原《ささはら》くんのおかげなのかなあ」

「へ？」

そこでほんの少しだけ委員長の笑顔が曇った。

どこか寂《さび》しげなその表情に、小雪の心はかき乱される。

どうして彼女がそんな顔をするのか分からなかったというのもあるし――。

（何だか……ずっと前に、見たことがある、かも……）

遠い記憶が刺激される。

その正体に思い至るよりも先に、結衣が軽い調子で話を変えた。

「変わったといえば、委員長も変わったんでしょ？　同じ中学だった子から聞いたことあるよー。昔はけっこう――」

「わーっ！　その話はダメ！」

「昔？」

小雪はきょとんと小首をかしげる。

真面目《まじめ》そうな彼女が以前はどんな感じだったのか、心底興味があったものの……当人がひどく焦《あせ》ったような顔を近付けてきたので、追及するタイミングを逃してしまった。

「とーにーかーく！　笹原くんとの関係が進展したんでしょ！　だったらこのままその彼に猛アタックあるのみだよ！　押して押して押しまくる！」

「ええっ、で、でも、今よりさらにアタックとか無理だし……」

昨夜、キスを迫ってしまったことはノーカンにしておく。

何しろ一晩経った今でも思い返すだけで死にそうになるほど恥ずかしいのだ。あんなことを日常的に仕掛けていけばこちらの身が持たなくなる。

ごにょごにょと歯切れの悪い小雪に、委員長は腰に手を当てて呆《あき》れてみせる。

「もう。そんなこと言ってると、急に出てきたライバルに取られちゃうかもよ」

「うーん、直哉くんに限ってそれはないと思うんだけど……」

彼の周囲にいる女子は、結衣と小雪と、それと朔夜《さくや》くらいのものだ。

結衣は彼氏がいるし、朔夜は小雪と直哉のことを応援してくれている。

つまり恋敵になりそうな女の子など、最初から周りにいないのである。

（あとあの人、私以外の女の子に興味なさそうだし……）

そんな、惚気《のろけ》とも確信ともつかないことを小雪は胸中でのみぼやく。

そういえば以前、朔夜が直哉を試すために偽のラブレターを出したことがあった。その際も直哉はきちんと断ってくれたし、次また似たようなことがあったとしてもきっと同じ展開になるだろう。

おまけに安心できる要素はもうひとつあった。

小雪は頬《ほお》をかきながら口を開くのだが――。

「そもそもあの変人を好きになる人なんて、そうそういないと思うし」

「えっ」

「へ……？」

結衣がおかしな声をあげたので、おもわずきょとんとしてしまう。

委員長も興味津々だ。

「なになに、結衣。何か『マズい』って顔だけど」

「あー……いや。白金さん、そういえばまだ会ったことないんだよなーって気付いて」

「だ、誰《だれ》に……？」

神妙な面持ちの結衣に、小雪はおずおずとたずねる。

すると彼女は申し訳なさそうな、それでいて笑いを堪《こら》えるような顔で、小声で耳打ちしてきた。いわく――。

「いるんだよ。白金さん以外にも直哉のことが大好きな女の子が」

「なっ、なんですって⁉」

小雪は裏返った悲鳴を上げる他なくて。

その週末に訪れる修羅場《しゅらば》を、このときはまだ予想できていなかった。

◇

その週の土曜日。

笹原家には小さなお客さんがやって来ていた。

「直哉おにーちゃん！　こんにちはー！」

「よう、夕菜。久しぶり」

直哉が玄関を開けると、小さな女の子がにっこり笑顔を向けてくれる。

夏目夕菜《ゆうな》。結衣の妹である。

結衣とは少し歳《とし》が離れていて、今年小学校に上がったばかりの七歳だ。

姉と同じ茶色の髪を短いツインテールにしており、目はぱっちりしていて大きい。にっこり笑うとそれだけで周囲の人々を和《なご》ませてしまうような明るい少女だ。

この年頃《としごろ》の女の子らしい、ふりふりでカラフルな出で立ちがよく似合う。

夕菜は直哉の手を取ってにこにこと言う。

「ねーねー、おにーちゃん。今日は何してあそんで……このおねーちゃん、だれ⁉」

「は、初めまして……」

そこで、家の中に知らない人がいるのにようやく気付いたらしい。

ぎょっと悲鳴を上げた夕菜に、小雪は硬い面持ちでぺこりと頭を下げた。

今日は休みということもあって、夏らしい私服姿だ。すらりと伸びる手足が華奢《きゃしゃ》で、いつもなら直哉もぼーっと見惚《みほ》れていたことだろう。

緊張する小雪を前に、夕菜は最初ぽかんとしていた。

しかしすぐにその顔がぱあっと明るくなって――。

「きれーなお姉ちゃん！　おひめさまみたい！」

「えっ、えええ⁉」

急に飛びつかれて、小雪はすっとんきょうな声を上げる。

しかし夕菜の猛攻は止まらなかった。子供特有の純粋な目で小雪のことをまっすぐ見据え、きゃっきゃと大はしゃぎしてみせる。

「すごいねえ。かみも目もキラキラしてる！　外国のひとなの？」

「え、えっと、うちのパパがイギリス人で……」

「イギリス！　知ってる！　じゃあ、おねーちゃんはイギリスのおひめさまなの？」

「あ、あわわ……」

まっすぐすぎる賛辞に、小雪はもういっぱいいっぱいのようだった。

対照的に、夕菜は目を輝かせて直哉を見やる。

「ねーねー。直哉おにーちゃん、このお姉ちゃんだぁれ？」

「えーっと、こっちは小雪おねーちゃんだ」

直哉はおずおずと小雪を指し示してみせる。

「俺《おれ》の……なんて言えばいいのかな。とりあえず、ガールフレンドってやつだな」

「……があるふれんどぉ？」

その単語を聞いた途端、夕菜の顔から笑顔がすっと消え去った。

あっという間にそこには七歳児とは思えないほどの渋い表情が浮かぶ。

夕菜は小雪からばっと距離を取って、勢いよく直哉の足にしがみつく。そうして声の限りに宣言してみせた。

「ダメ！　直哉お兄ちゃんは夕菜と結婚するんだもん！」

「けっ、けけけ……結婚んんんん⁉」

その単語に、小雪は壊れたラジオのような悲鳴を上げた。

顔色は今にも倒れてしまいそうなほどに真っ青に染まる。

（うーん、やっぱりまずいことになったなー……）

修羅場の空気に、直哉は遠い目をするしかない。

直哉と結衣は、数百メートルも離れていないご近所さんだ。

そして彼女の両親は共働きで、土日も仕事に行くことがちょくちょくある。

結衣は結衣で部活の休日練習があるため、休みの日に妹の夕菜がひとりになるときは直哉が預かることが何度かあった。

今週はちょうど久々の子守の日で。

いつも気軽に引き受けている用件だが、今日は勝手が違っていた。

小雪が「一緒にその妹さんの面倒を見るわ！」と突然言い出したのだ。

そして、それを直哉はあっさり了承した。『ああ、結衣からいろいろ聞いて心配になったんだな』と察したため。

夕菜はこの通り、直哉によく懐いている。

極め付けの口癖は「大きくなったら直哉お兄ちゃんのお嫁さんになる！」だ。

そのせいで夏目家のお父さんには嫉妬《しっと》と羨望《せんぼう》の入り混じった複雑な目を向けられることが多い。まあ、それはそれとして。

玄関先で立ち話も何なので、夕菜は和室の方に通しておく。

そうしてお茶を用意するという名目で小雪を台所へ連れ込んだ。

本音は作戦会議、もといフォローのためである。

「いやあの、小さな子供の言うことだしさ……あんなの真に受けなくていいって」

「今は子供かもしれないけど、十年後はどうなるのよ」

小雪はぶすっとした膨れっ面で言う。

「夕菜ちゃんが十七歳で、直哉くんは二十七歳よ。十分ありえる組み合わせじゃない！」

「そのころにもなったら、夕菜も俺のことなんか忘れてるだろ……」

「分からないでしょ！　この前朔夜から、社会人の男の人と女子高生が恋に落ちるライトノベルを貸してもらったし！」

「何つータイミングで何つーものを読んでるんだよ」

図ったかのようなチョイスにめまいがする。

痛む頭を押さえつつ、直哉は万感の思いを込めてため息をこぼした。

「はあ……俺は小雪一筋なのになあ」

「ぐっ、そ、それは知ってるけどぉ……」

小雪は顔を赤らめてごにょごにょと言う。

照れ隠しに焦って否定《ひてい》しないだけ、ずいぶん慣れたようだった。

ごほんと咳払《せきばら》いして直哉にびしっと人差し指を突きつける。

「ともかく今日は覚悟してちょうだいよね。あなたが小さい女の子に手を出さないかどうか、徹底的に監視してあげるんだから！」

「ああうん。『直哉くんが本当に浮気《うわき》しないかどうか、ちゃんとこの目で確かめないと安心できない……！』ってことだな。ご自由に」

「翻訳しない！　そこは大人として流しなさいよね⁉」

ぴしゃっと怒られつつも、作戦会議は終了となった。

人数分のお茶と菓子盆を手にして和室に戻ると、むすーっとした夕菜が出迎えてくれる。

ちゃぶ台を挟んで三人向かい合ったところで、直哉は努めて明るい声を上げる。

「そういうわけだから。今日は俺と小雪お姉ちゃんと、三人で遊ぼうな？」

「えー」

「す、すっごく不服そう……」

小雪がしゅんっと肩を落とす。

恋敵としてメラメラと対抗心を燃やしていたはずが、あまりにしょっぱいその反応にぐさっと来たらしい。先ほど『お姫様』と呼ばれていたため、その落差も堪《こた》えるようだ。

そんな小雪をちらっと見て、夕菜は真顔で問う。

「ねーねー、直哉おにーちゃん」

「なんだ？」

「小雪おねーちゃんって、直哉おにーちゃんの彼女なの？」

「ふぇっ⁉」

直球の問いかけに、小雪の顔が赤く染まる。

しかし直哉は平然と返すだけだった。何しろ完全に予想済みの質問だったから。

「いや、まだ彼女じゃないよ。お付き合いはしてないんだ」

「じゃあ、キスもまだしてないの？」

「あ、うん。それもまだだけど……」

まっすぐな目から逃げるようにして、直哉はさっと顔を背《そむ》ける。

来る質問が分かっていても、内容が内容のため少しそわそわしてしまった。

（なにせタイミングが悪いよな……キスはこの前、未遂で終わったところだし……）

先日の一件は有耶無耶になったものの、直哉も小雪も意識はしている。

そこに子供特有の無邪気な質問だ。

グサッとくるのは当然で、小雪など胸を押さえてぷるぷると震えている。

一方で夕菜の反応はふたりとは対照的なものだった。

どこか勝ち誇ったような笑みを浮かべて言うことには――。

「なーんだ、まだキスもしてないんだ。だったら夕菜の勝ちだね！」

「えっ……？」

「おにーちゃん、ちょっとしゃがんで！」

「えっ、夕菜。それは今やめとかないか……？」

「ダメ！　ほら早くして！　じゃないと結衣おねーちゃんに言いつけるんだから！」

「わ、分かったよ……」

先の展開が読めたので、直哉は渋々その場にしゃがむ。

そこに夕菜がぎゅーっと抱きついて――直哉の頬にちゅっとキスをした。

その瞬間、小雪がこの世の終わりのような悲鳴を上げるた。

「は……えええええええええっ⁉」

「ふふーん、どう？　夕菜はもっともーっと、何百回って直哉おにいちゃんとちゅーしてるもんね！」

「違う！　頬！　この通りほっぺただけだから！」

得意げな夕菜を遮《さえぎ》って、直哉はあわてて弁明する。

夕菜とは生まれたころからの付き合いだ。遊びの延長線上で、こんなふうに頬にちゅっちゅとキスしてもらうことも多い。

そう説明するのだが、小雪はむすっとした顔を向けてくる。

「頬だったとしても、やっぱりキスはキスじゃない。ふんだ、直哉くんの浮気者！」

「だから誤解だ！　俺は小雪一筋だから！　信じてくれって！」

「ええーっ！　まえに『夕菜が大人になったらけっこんしようか』って言ってくれたのに！

あれは嘘《うそ》だったの⁉」

「は……？」

その台詞《せりふ》に、小雪がさらにジロッと睨《にら》みを利《き》かせてくる。

心臓が凍り付くような絶対零度の眼差《まなざ》しだった。

「うぐっ、あ、あれはその、その場しのぎというか……まだ小雪と出会ってなかったからというか……！」

前回、夕菜を預かったのは今年の春頭で。

あのころはまだ小雪に出会っていなかった。

そもそも小さな子供の言う「大きくなったらおにいちゃんと結婚する！」という可愛い台詞に対して、当たり障りのない返答といえばこれしかないだろう。

だから深い意味はまったくなかった。

そうだというのに、小雪からの視線は非常に冷たい。

（うわっ、なんとか話を変えないと……⁉）

これはかなり不味《まず》い状況だ。

夕菜も目をつり上げて、直哉のことをぴしゃっと叱《しか》りつけてくるし。

「けっこんするつもりもないのに、嘘ついたの？　いけないいんだー！　直哉おにいちゃん！　女の子の恋心をもてあそぶなんて、地獄行きだよ！」

「人聞きが悪すぎるだろ……つーか、どこでそんな言葉を覚えてくるんだよ」

「結衣おねーちゃんの持ってるマンガとか、あとは学校のともだちとか！　誰と誰がつきあってるとか、よくみんなとお話しするもん」

「最近の小学生は進んでるなあ……」

しみじみため息をこぼしつつも、突破口が見えた。

直哉は気圧《けお》されそうになるのをぐっと堪《こら》え、にこやかに言う。

「そ、それじゃ、学校ではどんな遊びをしてるんだ？　教えてくれよ。三人で一緒に遊ぼう」

「むうー、おにーちゃんが遊びたいって言うなら遊んであげるけど……」

「ひとまずはそれでいいわ。結婚の件に関しては、あとで詳しく聞かせてもらうから」

女性陣は不承不承といった様子でうなずいてみせる。

ひとまずの延命は叶《かな》ったらしい。

ホッと胸をなで下ろす直哉だが、そこに夕菜が元気よく手を上げる。

「えっとね、それじゃおままごと！　おままごとしよ！　今学校でブームなの！」

「えっ、おままごとか……できたらそれ以外にしないか？」

子供の無邪気な提案だが、直哉は渋る。

修羅場の気配が明らかだったからだ。

しかし小雪は気にすることなく相好を崩す。

「別にいいじゃない、おままごとくらい。結婚に比べたら可愛いお願い事だわ。ねえ、夕菜ちゃん」

「ほんとに？　ありがと、小雪おねーちゃん！」

「そうか？　まあ、小雪がいいならいいんだけどさ……」

「わーい、やったあ！」

夕菜は飛び跳ねてよろこんだ。

そのまま直哉の隣にとことこやって来て、ぎゅうっと首に腕を回して抱きついてくる。

「それじゃあ直哉おにーちゃんがだんなさま役で、夕菜がおよめさん役ね！」

「絶対ダメよ！」

「ほら、やっぱりこうなった」

がたっと腰を浮かして叫ぶ小雪だった。直哉はため息をこぼすしかない。

対する夕菜は平然としたもので、直哉に抱きついたままにこーっと笑う。

「ただのおままごとだよ。遊びなんだよ？　それでもダメなの？」

「ダメなものはダメよ。そういうことなら話が変わってくるわ。私もお嫁さん役に立候補する！」

「やだ！　夕菜がおよめさんになるんだもん！」

お互い一歩も譲らず睨み合《あ》って火花を散らす。

直哉は固唾《かたず》をのんで見守ることしかできなかった。

下手に口を挟んだが最後、板挟みになる未来が目に見えていたからだ。

「こういうときは子供にゆずるものでしょ。おとなげないよ、小雪おねーちゃん！」

「うぐっ……そ、それでも譲歩できないものっていうのがあるの！」

「でも、おままごとを言い出したのは夕菜だし。夕菜に決めるけんりがあるんじゃないの？」

「ううう……そ、それじゃあ公平にじゃんけんで決めましょう……ダメ？」

「小雪……」

七歳児に張り合って押し負ける彼女に、直哉は憐憫《れんびん》の眼差しを向けざるをえなかった。

それから五分後のこと。

廊下に出た直哉は、小さく息を吸ってからふすまを開けた。

「えーっと、ただいまー」

「おかえりなさい！」

それを出迎えてくれるのは、満面の笑みを浮かべた夕菜だった。

直哉から学校鞄《かばん》を受け取って、少女はにこにこと続ける。

「おつかれさま、あなた。ごはんにする？　おふろにする？　それとも……夕菜⁉」

「そうだなあ、ご飯にしようかな」

「はーい！」

夕菜は元気よく返事をしてみせた。

幸い、定型句の意味はよく分かっていないようなので、そこは安心する。

菓子盆から小皿へとお菓子を盛り付けていく夕菜を横目に見つつ、直哉はちゃぶ台の前に腰を落とす。その隣にいた小雪に笑顔を向けるのだが――。

「小雪も今日はどうだった？　いい子にしてたか？」

「……いい子に決まってるでしょ」

小雪はむすーっと頬を膨らませて、ぷいっとそっぽを向いてしまう。

その首には『こども』という夕菜お手製のプレートがかけられていた。

お嫁さん役を賭《か》けたジャンケンは、見ていて清々《すがすが》しいほどに小雪の敗北で終わった。

一回目にストレート負けをして、夕菜に頼み込んで三本先取ルールに変えてもらって、そのままスムーズに負けたのだ。

展開を予想していた直哉も、それにはさすがにかけるべき言葉を見失った。

やると約束したからにはきっちりとおままごとに付き合うつもりらしいが、完全にへそを曲げてしまっている。お嫁さん役を取られたのがよほど不服らしい。

(嫉妬されること自体は大歓迎なんだけどなあ)

それはそっくりそのまま好意の表れだ。

いくら心が読めるといっても、やはり実際態度に出ると嬉しさが段違いになる。

だから、へそを曲げた小雪のことも微笑《ほほえ》ましく見てしまうのだが――。

「はい、あなた。お夕飯どーぞ」

「あ、ああ。ありがとう、夕菜」

横手からお菓子の載った皿を差し出され、直哉は顔を上げる。

すると真正面に座った夕菜が期待のこもった眼差しを向けてきた。

何を求められているのかすぐに分かったので、直哉は差し出されたチョコ菓子をひとつ口の中へ放り込み、にっこりと笑ってみせた。

「うん。美味《おい》しいよ、やっぱり夕菜は料理上手だなあ」

「ほんとに?　わあい！　だんなさま、だーいすき！」

「うぐううう……」

ぱあっと顔を輝かせる夕菜だ。

一方、小雪は唇を噛《か》みしめてぷるぷると震える始末。

嫉妬されるのは嬉しいものの、ちょっと心配になるほどの狼狽《ろうばい》ぶりだった。

（うん……おままごとは適当に切り上げた方がよさそうだな）

これ以上は小雪の身が持たなそうだ。

夕菜が満足するまで一通り夫婦ごっこを付き合って、次の遊びを提案しよう。

「えーっと、それじゃあ夕菜……うん？」

そう決意して夕菜の顔をのぞき込むも、隣から控えめに袖《そで》を引かれた。

顔を向けると、小雪はどこか覚悟を決めたかのような面持ちで――。

「…………パパ」

「へ」

突然、こんなことを言い出したのだ。

おかげで直哉はぴしっと凍り付いてしまう。

小雪は羞恥《しゅうち》で瞳《ひとみ》をうるませて、つっかえながらもお願いする。

「パパ……わ、私とも、一緒に遊んでよね……？」

「あそびます……！」

その手をがしっと握って直哉は即答した。

小雪が子供役で、直哉は父親役。

だからその台詞は何も不思議ではないのだが……同級生にパパと呼ばれるシチュエーション

は、ひどく倒錯的でインモラルで……平たく言えばぐっときた。

（すみません、お義父《とう》さん……！）

小雪の父・ハワードの顔が脳裏《のうり》をちらついたので、心の中でなんとなく謝罪しておく。

「もー、だめよ。小雪ちゃん」

そこに夕菜が割って入ってきた。

ふたりの手をやんわりとほどき、小雪の頭を撫《な》でてにこにこと笑う。

「パパはつかれてるんだから、ママといっしょにあそびましょうねー」

「えええっ⁉ で、でも、私もパパと遊びたいし……」

「わがまま言って困らせちゃだめよー、小雪ちゃん」

「ううう、ママのいじわる……！」

有無を言わせぬ夕菜の威圧に、小雪はたじたじだ。

子供役のロールプレイと言うよりも、これでは完全に素である。

そこに直哉は慌てて助け船を出した。

「えっと、夕菜。俺は平気だから。たまには小雪と遊んでやりたいなーって」

「パパ……！」

「もう！ あなたったら、いっつもそうやって小雪ちゃんを甘やかすんだから！」

「それ絶対、夕菜のところのお父さんが言われてる台詞だろ……」

板に付いた台詞に、夏目家の家庭事情が浮き彫りになってしまった。

夕菜は頬を片手に当ててため息をこぼし、やれやれとかぶりを振る。

「ほんとに小雪ちゃんには甘いんだから。でも、それならいいわ。ふたりで一緒におふろに入っちゃいなさい」

「ああ、了解………って、風呂《ふろ》⁉」

「えええええ⁉」

直哉も小雪もぎょっとして凍り付く。

しかし夕菜はどこ吹く風で、和室の隅を示してみせた。

「ほら、はやく入っちゃって。そこがおふろね」

「あ、風呂ってそういうことか……」

「よ、よかったあ……」

これがごっこ遊びだということを、一瞬ふたりとも完璧《かんぺき》に忘れてしまった。

指示された『風呂場』に向かいつつも、小雪はげんなりと肩を落としてみせる。

「もう……いつまで続くのよ、このおままごとは」

「夕菜が満足するまでかな。もうちょっとで終わると思うからさ」

「仕方ないわねえ。まあ、小さな子に付き合ってあげるのも大人の務めよね」

「ああうん。そうだな。うん」

髪をかき上げて鼻を鳴らす小雪に、直哉は生返事をするしかない。

大人と言う割には子供役がとても板に付いている……なんて素直な感想をこぼしそうになったが、怒られるのが分かっていたのでそれは胸の内にしまっておく。

ともかく『風呂』に入ることにした。

和室の隅に体育座りして、直哉は大仰な吐息をこぼす。

「はー。いいお湯だなー」

「えーっと、それじゃあ私は体を洗って……」

その隣に小雪もちょこんと腰を下ろして、二の腕をこする。

お風呂のシーンとしてはそれらしいものだろう。だが、しかし——。

「こら！　小雪ちゃん！」

「ふぇっ⁉」

そこで怒声が飛んできた。

びくりと身をすくめた小雪のことを、夕菜は目をつり上げて叱る。

「ちゃんとしっかり洗いなさい！　めっ！」

「えっ、えええ……しっかりって言われても……」

「ママの言うこと聞かないと、おやつ抜きにするわよ！」

「うう、や、やるわよぉ……」

小雪は戸惑いつつも、真面目にちゃんと洗うふりをする。

まずは髪留めを取って、シャワーを取って髪を濡《ぬ》らす……ふり。手のひらでシャンプーを泡立てて、髪を洗う……ふり。トリートメントのふりも入念だ。

それを直哉は隣でぼんやり見つめてしまう。

（最初は頭から洗うのかー……）

そのまま小雪は体も洗い始める。腕や腋《わき》、首筋や耳の裏……。

ちゃんと服を着ているし、そもそも場所は和室だ。

それなのに本当に風呂を覗《のぞ》いているような、妙なやましさを覚えてしまう。ドギマギしている内に、小雪はひととおり体を洗い終えた。

それを見届けて夕菜が満足げにうなずく。

「よろしい。それじゃ、ちゃーんと百数えてからあがるのよー」

「わ、分かったわよ……ほら、直哉く……パパ、ちょっとどいて」

「うぇっ⁉」

当然のように小雪がやってきて、直哉の足の間に収まった。

おままごと的には親子仲良く湯船に入る図式だ。

だがしかし実際には、好きな子を後ろから抱きすくめるような形になって――。

（何だ、このシチュエーションは……！）

直哉はごくりと喉《のど》を鳴らし、両手の置き場に困った末に膝《ひざ》へと乗せる。

後ろから見る小雪の耳は完全に真っ赤に染まっていた。

最近プールやお見舞いなどのイベントで急接近することが多いものの、やっぱりまだ慣れないらしい。それは直哉も同じで――。

「えっと、いーち……にー……」

「さーん……しー……」

ふたりはぎこちなく数を読み上げていった。

三十半ばで夕菜が飽きたので早めに解放されたが、それが救いでもあり、残念でもあった。

ともかく『風呂』から上がって、小雪はがっくりとうなだれる。

「ううう、恥ずかしかったあ……もうおままごとなんて、絶対やらないんだから！」

「ま、まあまあ。小雪はよくやったよ」

直哉はぽんっと肩を叩《たた》いて慰めるしかない。

そこに夕菜がとてとてと近付いてきて、満面の笑みで小雪の頭を撫でてみせた。

「うん、ばっちり！　いい子ねー、小雪ちゃん」

「えっ……いい子？　私のこと？」

「もちろん。ママとパパの、じまんの子よー」

「自慢の子……！」

小雪は目を白黒させていたものの、すぐに照れくさそうに頬を赤らめる。

「えへへ。聞いて、パパ。ママに褒められちゃったわ！」

「小雪、戻ってこい小雪」

道を踏み外しかける小雪のことを、直哉は軽く揺さぶって諭した。

子供役がはまりすぎていて、これ以上はまずい。

「ほら、おままごとはもういいだろ。次は何して遊ぶ？」

「うーん。それじゃ、夕菜お外に行きたいかも」

「外って公園か？」

「ええ……暑いんだからおうちにいましょうよ」

小雪は窓から照りつける日差《ひざ》しを見てげんなりと言う。

しかし夕菜は「公園じゃないよ」と首を横に振った。

「えーっとね、ここなんだけど……」

「なんだ、ショッピングモール？」

夕菜がごそごそと取り出すのは、近所のショッピングモールのちらしである。

先日、小雪と初デート（妹同伴）をした場所だ。

それを裏返して、夕菜は顔を輝かせて言う。

「今日はここに、にゃんじろーが来るの！　結衣おねーちゃんは、直哉おにーちゃんに連れてってもらいなさいって言ってたよ！」

「行きましょ、直哉くん！」

「子守かける二かあ……」

キラキラ顔でせがまれて、直哉は苦笑するしかなかった。

六章　予期せぬプチ修羅場

その日のショッピングモールは、いつも以上の賑《にぎ》わいを見せていた。

特に盛り上がっていたのは一階のイベントスペースだ。

親子連れの姿が多く、小さな子供たちが目を輝かせて壇上を見つめている。

そこには猫耳と肉球手袋を装備したコンパニオンのお姉さんがマイクを握っていて――。

「本日はようこそいらっしゃいました！　ただいまより、人気キャラクターにゃんじろーとの握手会を開催いたしまーす！」

「わーーっ！」

ステージの裏から現れたきぐるみを見て、子供たちが一斉に歓声を上げる。

三等身くらいの猫だ。眠たげに目を細めており、ぼんやりした雰囲気をまとっている。

それを遠くから見て、小雪《こゆき》の顔がぱっと輝いた。

「すごい……！　ほんとににゃんじろーが出てきたわ！」

「よかったなあ」

先日のプールでは商品のビーチボールに釣られていたし、よっぽどお気に入りらしい。

キラキラした目で壇上を見つめる小雪に、夕菜《ゆうな》が小首をかしげてみせる。

「小雪ちゃんも、にゃんじろーが好きなの？」

「もちろんよ。だってすっごく可愛《かわい》いじゃない」

「わかる！　かわいい！　じゃあねえ、このまえやってた映画は見た？」

「当然見たわ。ブルーレイディスクも予約済みよ！」

「すごーい！　ねえねえ、今度いっしょに見よ？　うちに、他のぶるーれいもあるから！」

「ほんとに⁉　それじゃあ約束よ！」

「うん！」

小雪と夕菜は無邪気にはしゃぐ。

すっかり意気投合したふたりのことを、直哉《なおや》は温かい目で見守った。

（『小雪おねーちゃん』じゃなくて、『小雪ちゃん』なんだな……）

おままごとなどを経て、どうやらすっかり同等の相手だとみなされてしまったらしい。

最初はどうなることかと思ったが、距離は縮まったようだった。

ほっと胸をなで下ろす直哉だが――夕菜がぎゅうっと手を握ってにっこり笑顔を向けてくる。

「あくしゅかいだって！　いっしょにならぼーね、直哉おにーちゃん！」

「あっ……！　ず、ずるい！　私だって直哉くんと一緒に並ぶもん！」

「うん、三人一緒に並ぼうなー」

結局ふたりが対抗心をメラメラ燃やすので、直哉はため息をこぼすことになった。

本命は小雪だ。それだけは天地神明に誓う。

しかし、それを夕菜に告げるのは……何事も直球勝負の直哉といえど、非常に躊躇《ためら》われるものだった。ご近所付き合いというものもあるし。

（こんな小さい子を泣かせるのはさすがに厳しいものがあるし、かと言ってこのままだと小雪にも悪いし……どうしたものかなあ）

珍しくラブコメのモテモテ主人公のような苦悩をしつつも、握手会の列へ並ぶ。

どうやら写真撮影もＯＫらしく、ひと組ひと組の所要時間がそこそこ長い。

握手コーナーの隣に併設された物販コーナーではステッカーやぬいぐるみといったグッズが所狭しと並んでいて、そこも人が詰めかけて大盛況となっていた。

おかげで列は遅々として進まなかったが、なんだかんだで意気投合した小雪と夕菜にとってはうってつけのおしゃべりタイムとなったらしい。

小雪はきぐるみを遠目に見つつ、夕菜に話しかける。

「ねえねえ、夕菜ちゃんも何かグッズ買ったりする？」

「うん！　ぬいぐるみとか、ぶんぼーぐ！　ぶんぼーぐはね、学校でつかう用とほぞん用を買うつもり！」

「いいわねえ。やっぱり学校でもにゃんじろーは人気なの？」

「うん、みんな大好きだよ。お昼休みはみんなでにゃんじろーの話をするんだ！」

「それじゃ、お友達とにゃんじろーの映画を見に行ったの？」

「……ううん。結衣《ゆい》おねーちゃんについてきてもらったよ」

「そうなの？」

夕菜は少し口ごもってから、控えめに笑う。

その不思議な反応に、小雪は首をかしげるものの——。

（あー。なるほど、学校の友達といろいろあるんだな……）

それだけで直哉はだいたいの事情が読めてしまった。

とはいえ夕菜が隠したそうにしていたので、大人しく口をつぐんでおく。

小学生もいろいろと大変なんだなあ……なんてしみじみしていたところ——。

「それより……小雪ちゃんは、ほんとに直哉おにーちゃんのことが好きなの？」

「ふえっ……⁉」

「ぶふっ⁉」

夕菜が直球を投げ込んできたので、ふたり同時におかしな悲鳴を上げてしまう。

しかし相手は攻めの手をゆるめようとはしなかった。

真《ま》っ赤《か》になった小雪のことをじっと見据えて、夕菜は淡々と宣戦布告する。

「好きなら、夕菜のライバルだよ。どうなの？」

「うっ、ぐ、そ、それはぁ……」

小雪は視線をさまよわせてうろたえる。

そうやって迫られただけで素直な気持ちが言えるのなら、自分たちはもっと早く付き合うことができている。

とはいえ小雪も否定《ひてい》することだけは絶対に嫌らしい。

ぷるぷると震えながらも
「す、好きか嫌いかで言ったら、嫌いじゃないっていうか、その……」

「つまり好きなの？」

「えっ、その、そ、そんな恥ずかしいこと、い、言えない……」

「へんなのー！　夕菜は言えるよ！　直哉おにーちゃん、だーいすき！　キスだっていーっぱいしちゃうんだから！」

「ううう……！」

堂々と愛の告白を叫んで、直哉に抱きつく夕菜だった。

おかげで真っ赤になっていた小雪の顔が一気に真っ青になる。

目にはうっすら涙が浮かんでいるし、効果音をつけるとすると『ガーーーン……』あたりが最適だ。

ちなみに今のうめき声を翻訳すると『うらやましい……！　私も直哉くんにちゃんと好きって言って、ぎゅーってしたいのに……！』あたりだろう。

しかし自分から素直にアタックするのはまだ難しいらしい。

小雪は二の足を踏み続けてうろたえるばかりだった。

しかたなく、直哉は助け船を出そうとする。

「えっと、夕菜。小雪をいじめるのはその辺にして――」

しかしそのときだ。

鈴を転がすような澄んだ声が、三人のもとに降りかかった。

「あーら、そこにいらっしゃるのは夕菜さんじゃなくって？」

「うん……？」

振り返れば、ひとりの女の子が立っている。

年のころは夕菜と同じくらい。

長い金髪の一部をロールにして頭に赤いリボンを飾っており、瞳《ひとみ》の色は鮮やかなワインレッド。着ているワンピースもふりふりで、まるで絵本に出てくるお姫様のような見た目だ。

そんな美少女が両手を腰に当てて、不敵な笑みを浮かべている。

まっすぐ見据えるのはもちろん夕菜だ。

「うっ……エリスちゃん」

そんな少女を見て、夕菜は気まずそうに目を逸らす。

「……エリスちゃんもお買いもの？」

「ええ。お母様からおつかいを頼まれましたの。それにしても……」

エリス、と呼ばれた女の子はすっと目を細める。

視線の先にあるのは、お客に手を振るにゃんじろーのきぐるみで――。

「夕菜さんったら、まだそんな不細工な猫なんかに夢中ですのね。まったく、学校の他の子たちと同じで幼稚なこと」

「なっ……！」

小馬鹿《こばか》にするようなその台詞《せりふ》に、夕菜がばっと顔を上げる。

何かを言おうとして口を開くものの、すぐには言葉が浮かばなかったらしい。

酸素の足りない金魚のように口を開いて閉じたりして……やがて夕菜はぷいっとそっぽを向いて、冷たく言い放った。

「エリスちゃんにはかんけーないでしょ！　早くどっかいって！」

「はあ!?　せっかくこの私が声をかけてあげたっていうのに……ふんだ！　そんなのこちらの台詞ですわ！」

エリスの方もすぐにきびすを返してしまう。

それを夕菜は、そっぽを向いたままちらちらと視線をやって見送った。やがてその後ろ姿が見えなくなって、盛大なため息をこぼしてみせる。

「えっ、これってひょっとして修羅場《しゅらば》……？」

「そうみたいだな」

直哉も小雪も、顔を見合わせることしかできなかった。

それから十分と経《た》たないうちに、三人の順番が回ってくる。

きぐるみと握手をしてハグをして、最後にはツーショットでの写真を撮ってもらえたものの、夕菜の表情は最後まで優れないままだった。

あれだけ楽しみにしていた物販コーナーも素通りしてしまい、三人でモール内の喫茶店《きっさてん》に入ってからもそれは変わらず――。

「……」

夕菜は仏頂面のまま、お子様用のミニパフェをちびちびと切り崩していく。

綺麗《きれい》に盛り付けられたイチゴに目を輝かせることもなく、ただ与えられた雑務をこなすように黙々と食べるその姿は、明らかに心ここにあらずといった様子だった。

「ちょっとちょっと、直哉くん」

「うん？」

直哉と小雪は夕菜の対面に座って、ケーキセットをつついていた。

そんな折、小雪がこそこそと小声で話しかけてくる。

「さっきの子って、やっぱり夕菜ちゃんのお友達なのかしら」

「ああ、たぶんそうだと思うけど」

「それにしては様子が変だったわよね……」

小雪は眉《まゆ》をへにゃっと下げて、夕菜の顔を盗み見る。

パフェを半分ほど食べてしまってもなお、その表情は暗いままだ。

よほど先ほどの女の子とのやり取りが堪《こた》えてしまっているらしい。

それは小雪の目にも明白なのか、ひどく心配そうだった。しかしすぐにはっとして、直哉の顔をこわごわとのぞき込んでくる。

「ひょっとしてあなた……夕菜ちゃんとあの子が険悪な理由なんかも、見ただけで分かるわけ？」

「まあ、だいたいのことはな」

「怖っ……！」

本気で引いたらしく、小雪は渋い顔を向けてくる。

「ほんっと、将来は刑事さんにでもなったらどう？　きっとあっという間に出世するわよ」

「進路は今のところ未定だなあ。でもとりあえず、小雪の旦那枠は志望中だけど」

「そ、そういうの今はいいから！」

小雪は直哉をじろりと睨《にら》みつけた。

赤くなった頬《ほお》をごまかすように咳払《せきばら》いして、真剣な顔をする。

「でも、だったらあの子たちを仲直りさせる方法も分かるってこと？」

「いやあ、ぶっちゃけ簡単だと思うけどさ」

直哉は頬をかいて笑うしかない。

彼女らが不仲な理由も、それを解決する方策も明らかだ。

だがしかし、直哉はそれをあっさりと口にするわけにはいかなかった。

「こういうのって、自分たちで解決しなきゃいけない問題だろ。俺《おれ》みたいな第三者が口を挟むのはどうかと思うんだよな」

「うっ……そうかもしれないけど……あなた、夏目《なつめ》さんと河野《こうの》くんにお節介して、ふたりがくっつくように仕向けたんでしょ。あれはいいわけ？」

「あれは何年経っても進展しなかったからなあ」

以前、幼なじみの結衣と巽《たつみ》をくっつけるべくお節介を働いたことがある。

しかしそれは直哉が何年も彼らを見守った末に出した結論だった。

「よっぽど不味《まず》い状況じゃなきゃ、俺は手出ししないよ。それが本人たちのためってやつだろ」

「むう……変なところで真面目《まじめ》なんだから。そういう人だって分かっていたけど……」

小雪は口を尖《とが》らせつつも、それ以上食い下がろうとはしなかった。

直哉のスタンスを理解してくれたらしい。

しかしそれでも夕菜のことが心配なのは変わらないようだった。

仏頂面でパフェをつつく夕菜をこっそり見やって、ますます眉を下げてみせる。

「でも、だからって放っておくわけにはいかないでしょ。なんとかできないの？」

「そこまで言うなら、小雪が夕菜の話を聞いてみたらどうだ？」

「わ、私が？」

「うん。夕菜とはけっこう仲良くなっただろ。女性の小雪相手なら話しやすいかもしれないしさ」

「う、うう……そういうのって苦手なんだけど……」

小雪はしどろもどろで視線をさまよわせる。

人見知りで対人関係が苦手なため、こういう話を聞くことなんて初めてのことだろう。

躊躇《ちゅうちょ》しているのがありありと分かったが……最終的にはぐっと拳《こぶし》を握って、決意あふれる真剣な顔を向けてくれた。

「うん……分かったわ。ダメで元々だし、やってみる」

「よく言った。それじゃあ俺は見守ってるな」

直哉はにこやかにうなずいた。

自分が聞き出してもよかったのだが、どうしても先にすべてを知っていると尋問めいた様相を呈してしまって不信感を抱かせる可能性があった。

それならむしろ小雪の方が適任だ。

ごくりと喉《のど》を鳴らしてから、おずおずと夕菜に話しかける。

「えっと、夕菜ちゃん」

「なあに？」

「さっきの子……エリスちゃんって言ったかしら。学校のお友達なの？」

「……うん。この前、てんこーしてきたの」

夕菜はすこし考え込んで、小さくうなずいてみせた。

そこからぽつぽつと話し始める。

あのエリスという少女は、夕菜のクラスメートらしい。

この春から両親の仕事の都合でアメリカから引っ越してきて、そのまま小学校に入学した。

それゆえ、日本に来てまだ日にちが浅いという。

「それでね、夕菜がはじめにおともだちになったんだよ」

「そうなの？」

「うん。エリスちゃん、入学してすぐは日本語があんまりうまく話せなかったの」

そのせいか、彼女はいつもひとりきりだった。休み時間はずっと自分の机で外国の絵本を読んでいて、笑ったところなど一度も見たことがなかった。

そこに夕菜が話しかけたのだという。

『エリスちゃんっておひめさまみたいで、すっごくかわいいね！』

『えっ……？』

それから夕菜は毎日彼女に日本語を教えたり、遊びに連れ出したりした。

最初は戸惑っていたエリスもそのうち笑顔を見せはじめ、それに伴ってめきめきと日本語が上達した。本を読むのが好きだったこともあってか、今ではクラスの誰《だれ》より難しい言葉を知っているのだという。

そんな微笑《ほほえ》ましいはずの友情を、夕菜は暗い顔で語った。

おかげで小雪は目を白黒させるのだ。

「なんだか、聞く限りすっごく仲が良さそうなんだけど……何かあったの？」

「……夕菜は悪くないもん」

夕菜はぷくーっと頬を膨らませる。

「エリスちゃんが急に『夕菜ちゃんとはもうあそばない』って言い出したんだもん」

「えっ、急に？　ケンカしたとかじゃなく？」

「してないよ。映画にさそっただけ」

それはつい二週間ほど前のことだった。

エリスと一緒に帰る道中、今度の休みに映画に行かないかと持ちかけた。

学校でも人気のマスコットキャラクター、にゃんじろーの作品である。

夕菜はずっとその封切りを楽しみにしていたので、エリスと一緒に見に行きたかったのだ。

しかしエリスはむすっとした顔で――。

『行きませんわ』

『えっ、どうして？　にゃんじろー、すっごくかわいいよ？』

『行かないったら行きません！　夕菜さんと遊ぶのも、今日限りです！』

『えええっ⁉』

こうして一方的に絶縁状を叩《たた》きつけられたらしい。

その日からエリスは夕菜が何を話しかけても無視し、ひとりで先に帰ってしまうようになった。そのうえ夕菜が他の子と遊んでいると、先ほどのように嫌味を飛ばしてくるしで――夕菜もわけが分からず、戸惑っていたらしい。

「だからさっきも険悪ムードだったのねえ」

「ふんだ。エリスちゃんなんかもう知らないもん」

夕菜はふて腐れたようにそっぽを向く。

エリスの話をしている内に、抱えていた苛立《いらだ》ちが膨らんでしまったらしい。

（まあ、仕方ないよなあ。夕菜には心当たりがまったくないんだから）

ただ映画に誘っただけで友達との仲が拗《こじ》れるなんて、予想だにしなかったことだろう。

エリスの態度が急に変わった理由が分からないせいで、余計にもやもやするのだ。

「なるほどねえ……」

小雪は顎《あご》に手を当てて、夕菜の話を考え込んでいるようだった。

しばし三人の間に沈黙が落ちる。

店内では明るい笑い声がいくつも上がっていたものの、直哉たちのテーブルには直哉が紅茶をすする音だけが小さく響き続けた。

その沈黙を破ったのは小雪だ。重々しく口を開き、簡潔に告げる。

「やっぱり夕菜ちゃんは、あの子ともう一度ちゃんと話し合うべきだわ」

「……話そうとしたもん」

夕菜は顔をしかめてそっと目を逸らす。

「でもエリスちゃん、夕菜が何言っても、意地悪で返してくるんだもん。にゃんじろーのこともバカにするし……」

その目の端に、小さな涙の粒が浮かぶ。

夕菜は乱暴に目元をぬぐって、力ないため息とともに言葉を吐き出した。

「きらいになりたくないのに、きらいになっちゃいそう。だからあんまりもう、お話ししたくないの」

「それでもダメよ」

沈み込む夕菜に、小雪はまったく譲ろうとはしなかった。

すっかり冷めてしまった紅茶に視線を落として、ぽつぽつと話し始める。

「私もね、小学生のころお友達がいたの。ちえちゃんって言って、夕菜ちゃんにとってのエリスちゃんみたいな存在だったのよ」

「おともだち……今でもその子とはおともだちなの？」

「……いいえ」

小雪はゆっくりと首を横に振った。

その先は、以前直哉も聞かされた話だ。

親友だと思っていた、大切な女の子がいたこと。

しかしその子は陰で小雪のことを嫌っていたと知ったこと。

それ以来、どう顔を合わせていいか分からず避け続けてしまったこと。

「ギクシャクしちゃってすぐに、ちえちゃんは転校しちゃったの。連絡先も、変に意地を張って聞かなかったから、今どこで何をしているのかも知らないわ」

そう言って、小雪は寂《さび》しそうに笑う。

「それから私はね、ずーっとひとりぼっちだったの。誰のことも信じられなくて、人と仲良くなることを避けていたわ」

「ええ？　でも小雪ちゃん、夕菜となかよくしてくれるじゃん」

「変わったのは最近になってよ。直哉くんのおかげ」

「直哉おにーちゃん？」

首をかしげる夕菜に、小雪はこくんとうなずく。

「直哉くんに、人と向き合うには勇気を出すのが一番大事だって教えてもらったの。だから直哉くんとか、夕菜ちゃんのお姉さんとか……いろんな人と仲良くなれたのよ」

「へえ……小雪ちゃん、がんばったんだね」

「うん。だから、最近思うのよね……」

そこで小雪は少し言葉を切って、自分のティーカップへ目を落とした。

「あのとき勇気を出して、ちえちゃんともう一度ちゃんと話をしていれば……ひょっとしたらまだ仲良しでいられたのかもしれないな、って」

「でも、その子は小雪ちゃんのことがきらいだったんでしょ……？」

夕菜はおずおずと口を挟む。

小雪の話を自分に重ねているようだった。

「自分をきらっている子と、ほんとに仲良くなれるかなあ」

「無理だったかもしれないわね」

「ええぇ……」

「でも、何もやらずに後でずーっと後悔するよりマシでしょ？」

青い顔をする夕菜に、小雪は平然と言ってみせた。

胸に手を当てて、なおもまっすぐな思いをぶつける。

「ダメなところは直したし、傷付けてしまっていたなら謝ったわ。そうやって、何としてでも仲直りするべきだった。だって、本当の本当に大事なお友達だったんですもの」

それは嘘偽《うそいつわ》りのない小雪の本心だった。

痛いほどの思いが伝わって、直哉もすこし息をのむ。

しかし小雪はすぐに肩を落として、ため息をこぼしてみせた。

「でも、私はもう……あの子に謝ることもできないの」

「小雪ちゃん……」

夕菜が瞳を潤ませて小雪のことをじっと見つめる。

その手をテーブル越しにそっと握って、小雪は続けた。

「夕菜ちゃんには、私みたいな思いをしてほしくはないの。エリスちゃんと、ちゃんと話をしましょ。何としてでも仲直りするのよ」

「……でも、それでダメだったら？」

「もちろんアタックあるのみよ！　一度で諦《あきら》めるなんて絶対にダメ！　何があっても押せ押せで、ぐいぐい行くのよ！」

「………分かった」

夕菜は小さくうなずいて顔を伏せる。

ゆっくりと頭を上げたとき、その目にはもう涙は浮かんでいなかった。

かわりに宿るのは強い意志の炎だ。

「夕菜、もう一回エリスちゃんと話してみる！　なかなおり、する！」

「うん！　偉いわ、夕菜ちゃん！」

小雪もぱあっと顔を輝かせた。

重く沈んでいた空気は一変し、ふたりの表情はとても明るい。

それを見て、直哉はほっと胸をなで下ろすのだ。

（すごいなあ、小雪……あんなにまっすぐ、自分の思ってることをちゃんと伝えられるようになったんだから）

少し前までの彼女なら、こんなに素直に胸の内を打ち明けるなんて難しかったことだろう。

自分と似たような境遇の夕菜だからこそ、ちゃんと腹を割って話せたのかもしれない。

どちらにせよ、小雪はちゃんと進歩している。直哉はそう感じることができた。

そんなふうにほのぼのすると同時に、すこし気を揉《も》んでしまう。

（その友達……どうにかして仲直りさせてやりたいなあ）

小雪が昔のことをずっと気にしているのは分かっていた。

そのことがきっかけで人付き合いが苦手になったというし、相当なトラウマなのだろう。

かつての友達が、今も小雪のことを覚えているかは不明だが……直哉はなんとかしてやりたかった。

（結衣なら顔も広いし、小雪と同じ小学校だった子と知り合いだったりしないかなあ……いやでも、俺が下手に働きかけるのもよくない気もするし……）

ひょっとしたらその友達と再会して、小雪はまた傷つくかもしれない。

その可能性を思うと、直哉は決断を渋ってしまう。おおよそのことはぐいぐいと押せ押せでいくものの、こうした繊細な事柄に関しては慎重派だ。

一方、小雪は直哉の苦悩など思いもよらないのか――。

「それじゃあ作戦会議ね。週明けに学校であの子とどうやって話をするか、私と一緒に考えましょ！」

「うん！　ありがとね、小雪ちゃん！」

夕菜と一緒にメラメラと闘志を燃やしていた。

（……まずはこっちの問題を片付けるのが先か）

直哉はふっ、と笑みをこぼす。

ふたりが自分たちの力で結論を出したのなら、そっと背中を押すことも必要だろう。

だから直哉は沈黙を破り、彼女らの話へ口を挟んだ。

「週明けまで待つ必要はないと思うぞ」

「えっ、どうして？」

「あの子が行きそうなところなら、俺には簡単に分かるからな」

きょとんと目を丸くするふたりに、直哉はにやりと笑った。

ショッピングモールは三階立てで広大だ。

入っている店舗も数多く、映画館やゲームセンターもあるので、たったひとりの少女を探し出そうと思えば迷子放送を頼る以外の選択肢はない。

しかし直哉に言わせれば、エリスが向かう場所などひとつしかなかった。

物陰に隠れて、そちらの方向をこっそりとうかがう。

小雪と夕菜もそれにならって顔を出す。しかしふたりとも釈然としない顔をしていた。

「エリスちゃん、ほんとにこんなところに来るの……？」

「ねえ……にゃんじろーの物販コーナーだなんて」

三人が見張るのは、握手会会場のすぐそばに併設された物販コーナーだ。

ぬいぐるみや文房具、絵本などが所狭しと並んでいる。先ほどは人であふれていたものの、今は波が落ち着いたのかゆっくり見て回れる程度の余裕があった。

夕菜は首をかしげる一方だ。

「エリスちゃん、夕菜がにゃんじろーの映画にさそってから、ずーっと怒ってるんだよ。ほかの子とにゃんじろーの話してても、つまんなさそーにしてるし……興味ないいんじゃないかなあ」

「それならむしろ嫌いな部類かもしれないわよねえ……」

「ま、それは置いといて。たぶんそろそろ……おっ、来た来た」

「ええっ⁉　ほんとに⁉」

直哉が指さす方向を見て、ふたりが小さく声を上げる。

人混みの中から金髪の少女――エリスが現れたからだ。

彼女はどこか死地に赴く戦士のような硬い面持ちで、まっすぐ物販コーナーに向かう。

そして手近なステッカーを手に取った。熱心に表や裏を確認し、そっとそれを戻す。

他の商品に対しても同じだった。じっくり検分するその横顔はまさに真剣そのもので、客たちが気圧《けお》されるようにしてエリスに道をあけていく。

そんな光景を目《ま》の当《あ》たりにして、ふたりは目を丸くするばかりだった。

「あらら……？　興味ないんじゃなかったの？」

「お、おかしいなあ……きらいだって言ってたのに」

「まあまあ、ふたりとも。それよりやることがあるだろ」

「そうだったわ……！」

直哉のツッコミに小雪がはっとする。

夕菜の肩をがしっと叩き、物販コーナーを物色するエリスをまっすぐ指さしてみせた。

「勝負あるのみよ、夕菜ちゃん！　エリスちゃんと仲直りするの！」

「うん！　夕菜がんばる！」

夕菜もぐっとガッツポーズをしてみせて、ずんずんそちらへ歩いて行った。

エリスはよほど商品を見るのに集中していたのか、夕菜が近付いていることには最後まで気付かずに――。

「エリスちゃん！」

「ひゃうっ⁉」

夕菜が声をかけた瞬間、エリスは数センチほど飛び上がった。

綺麗にロールされた髪を鞭《むち》のようにしならせて、ばっと背後を振り返る。

「なっ、夕菜さん⁉　なんでここに……！」

その瞬間、エリスの整った顔が真っ青に染まる。

しかし夕菜はおかまいなしだ。一歩一歩着実にエリスへの距離を詰めながら、用意しておいたであろう言葉を投げかける。

「あのね、エリスちゃん。夕菜と話を――」

「い、いやです！　夕菜さんなんて知りません！」

「ああっ⁉　まってよ⁉」

夕菜の言葉に耳を貸すことなく、エリスは脱兎《だっと》のごとくその場から駆け出した。

そのまままっすぐ出口の方へと向かうものの――そこが伏兵の出番だった。

「逃がさないわよ！」

「きゃあああっ⁉」

物陰から飛び出した小雪がエリスをがしっと捕まえ、羽交い締めにする。

そのせいで他の客たちが目を丸くして足を止めた。そちらに軽く頭を下げつつ、直哉も物陰から出て行くことにする。

あっという間に三人に囲まれて、エリスは涙目でうろたえるばかりだ。

「なっ……いったいなんですの、この人は⁉」

「うちのおねーちゃんのおともだち！　小雪ちゃんだよ！」

「そういえばさっき夕菜さんと一緒にいて……って、そういうことを聞きたいわけじゃありませんわ！　放してくださいまし！」

「いいわよ。だったら夕菜ちゃんと、ちゃんとお話ししてくれる？」

「うぐっ……！」

小雪の提示した解放条件に、エリスはあからさまに顔を歪《ゆが》めてみせた。

しかし気丈にも鼻を鳴らしてぷいっとそっぽを向いてしまう。

「ふんだ、お断りします。夕菜さんと話すことなんて、なーんにもありませんわ！」

「そんなあ……」

にべもない返答に、夕菜は眉を寄せてしょぼくれる。

先ほど小雪と誓い合った決意もすっかりそれで萎《しぼ》んでしまったらしかった。

そんなエリスのことを、小雪は羽交い締めにしたままじーっと見つめていた。

「ふうん……エリスちゃん。ちょっといいかしら」

「な、なんですの？」

小雪は拘束を解いて、今度は真正面からエリスを凝視する。

自由になったはいいものの、その威圧に逃げることもできずエリスはたじたじだ。

やがて小雪はびしっと人差し指を突きつける。

「あなた本当は……夕菜ちゃんのこと、大好きでしょ！」

「えっ？」

「なあっ……!?」

ぽかんとする夕菜とは対照的に、エリスの顔が真っ赤に染まる。

そんな光景を見つめながら、直哉はこっそりと嘆息した。

（おお、小雪が珍しく俺みたいなことしてら）

どうやら直哉と一緒に過ごすうちに、察しのよさが多少はうつったらしい。とはいえ大体の人にとって、エリスの真意を読むのはそれほど難しいことではないだろう。

ともかく小雪が真相に気付いたようなので、直哉は静観を続けることにする。

話がこじれそうなら割って入る覚悟はあったが、なんとなく大丈夫そうだという予感があった。

うろたえるエリスを、小雪は鋭い眼光で射抜く。

「本当は夕菜ちゃんのことが大好きなのに、意地を張ってるだけなんだわ」

「は、はあ⁉　そんなことありませんわ！」

エリスはしどろもどろになりながらも、キッと小雪を睨みつける。

「あなたにわたくしの何が分かるって言うんですの！」

「分かるわよ。私も似たようなものだし」

小雪は腰に手を当てて平然と言う。

「下手に意地を張ってもいいことなんて一つもないわ。ちゃんと元通りに仲良くしたいのなら、小細工なしでまっすぐ立ち向かわないと」

「っ……！」

「え、エリスちゃん……？」

エリスは息を飲み、そんな彼女を見て夕菜もまた顔を強張《こわば》らせる。

しかし夕菜はもう一度決意を固めたらしい。ぐっと拳を握りしめて、真っ向から言い放つ。

「夕菜はエリスちゃんと、前みたいに仲良くしたい！　夕菜が悪いことをしたなら、あやまるから……なんでも言って！」

「夕菜さん……」

そのまっすぐな言葉は彼女の心に届いたらしい。

エリスは少し言葉を失って、つま先へと視線を落とす。

そうしてぽつりとこぼすことには——。

「わたくしは悪くありません。ぜんぶ夕菜さんが悪いんですもの」

「うっ……ご、ごめん。でも、ぜんぜん心当たりがなくて……」

「なっ、ひどいですわ！　夕菜さんったら……！」

エリスはびしっと指をさす。

その先にあるのは、物販コーナーに並ぶにゃんじろーグッズの山である。

親の仇《かたき》でも見るように目をつり上げて、エリスは叫ぶ。

「わたくしじゃなくて、こんなブサイクな猫を『かわいい』って言うんですもの……！」

「えっ？」

「はい？」

小雪と夕菜がそろって声を上げた。

その反応に直哉は苦笑するのだ。

「あ、小雪もそこまでは気付いてなかったんだな」

「いやいやいや、よく分からないんだけど……いったいどういうことなの？」

「だって、夕菜さんはわたくしのこと、可愛いって、お姫様みたいって、いつも言ってくれたのに……」


エリスは小さくしゃくりあげながら、途切れ途切れに言葉をつむぐ。

日本に来て言葉も分からずとても不安だったこと。

そんなところに夕菜が話しかけてくれて、嬉しかったこと。

毎日のように「かわいい」と言ってもらえて、それがとても誇らしかったこと。

やがてエリスは大粒の涙をこぼして告白する。

「それなのにあんな猫のことを褒めるなんて……他の子たちと、あんな猫のことで盛り上がるなんて……！　そんなの、そんなの許せなくってぇ……！」

「あわわ。なかないで、エリスちゃん」

夕菜が慌ててエリスに寄り添い、ハンカチを差し出す。

外野の小雪はそれを見つめてぼやくのだ。

「えっと、つまりこれって……痴情《ちじょう》のもつれってやつ？」

「正解。女子小学生同士だけどな」

「最近の小学生ってやっぱり進んでるのね……」

直哉があっさりうなずくと、小雪はしみじみとしたため息をこぼした。

つまりエリスはヤキモチを焼いて、へそを曲げていただけなのだ。

しかもその対象がにゃんじろーだったので、夕菜には理由が分からなくても無理はない。

「エリスちゃん……」

泣きじゃくる親友をなだめながら、夕菜は口をへの字にして考え込む。

やがてエリスが落ち着いたころ。

夕菜は彼女の手を取って、まっすぐに言う。

「ごめんね、エリスちゃん。夕菜、ぜんぜん気づけなかった」

「夕菜さん……」

「だから、これからはちゃんと言っておくね」

「えっ」

夕菜はにっこり笑って、ド直球の言葉を投げかけた。

「にゃんじろーもかわいいけど……エリスちゃんの方が、すっごく、すっごーーく、とびっきりかわいいよ！」

「ふぇっ……⁉」

エリスの顔が真っ赤に染まる。

しかし夕菜はおかまいなしで畳みかけた。

「かみも目もキラキラしてるし、ほっぺもすべすべだし、ぷにぷにだし！　どんなお洋服をきても似合うし、おべんきょーもできるし、お花とか動物にもやさしいし！　あとね、それから

それから——」

「あ、あうう……」

容赦なく続く称賛の言葉の数々に、エリスはたじたじになるばかりだった。

最後に夕菜は彼女の顔をのぞき込み、うかがうように言う。

「夕菜はエリスちゃんのことが大好きなの。だから夕菜と……また仲良くしてくれる?」

「……わたくし、夕菜さんにはひどいことをたくさん言いました」

エリスは声を震わせる。

「それなのに……まだ仲良くしてくれるんですの?」

「当たり前じゃん！　エリスちゃんは、夕菜のいちばん大事なおともだちだもん！」

「夕菜さん……」

即答する夕菜の手を、エリスはぎゅうっと握り返した。

そうしてもう片方の手で涙をぬぐって、満面の笑みを浮かべてみせる。

「ふつつかものですが、よろしくお願いいたします」

「?　それってどういう意味?」

「仲良くしてください、って意味らしいですわ」

「そっか！　それじゃあ、夕菜もよろしくおねがいします！」

「もちろんですわ！」

少女らはにこやかに笑顔を交わす。

険悪だった空気は完全に取り払われ、心から分かり合えた証拠だ。

そんなふたりを温かく見守っていた直哉だが、こそこそと小雪が話しかけてくる。

「ねえねえ、直哉くん。ひょっとして、あの子が物販コーナーに来たのって……」

「ああ。夕菜と仲直りするためにプレゼントを買いに来たんだよ」

「だからあんなに真剣に選んでたのねえ。いい子じゃない」

小雪もじーんとしたように嘆息する。

意地っ張りのエリスに親近感を抱いていたのか、ふたりが仲直りしたことで心底ホッとしているらしかった。

そこに夕菜がにこにこしながらやってくる。

「ありがとう、小雪ちゃん！　おかげでエリスちゃんと仲直りできたよ！」

「よかったわね。でも、それは夕菜ちゃんが勇気を出した結果よ。私はちょっと背中を押しただけだわ」

「小雪ちゃん……」

夕菜は笑みを取り払い、小雪の顔をじーっと見つめる。

その真剣な表情に小雪はすこしうろたえた。

「な、なに？　私の顔に何かついてる？」

「ううん。なんでもなーい」

夕菜は首を横に振る。

そうして先ほど以上に明るい笑顔を浮かべてみせて、にこやかに告げた。

「小雪ちゃん、直哉おにーちゃんとおしあわせにね！」

「へっ……⁉」

「直哉おにーちゃんは、小雪ちゃんのこと泣かしちゃダメだよ！　そんなことしたら、夕菜がだまってないからね！」

「しないってーの」

直哉が断言すると、夕菜はまたエリスの元に戻っていった。

その後ろ姿に、小雪は首をひねる一方だった。

「どういうこと……？　あんなにライバル意識むき出しだったのに」

「認めてくれたってことだろうな」

「そ、そういうものなの……？　私、本当に何もしてないんだけど……」

小雪はなおも不思議そうなままだった。

彼女らの和解に一役買ったというのに、本気で自覚がないらしい。

釈然としなそうに眉を寄せていたものの、仲良く笑い合う夕菜たちを見て、その表情がすこしだけゆるんだ。だがそこには、どこか薄い影が落ちていて――。

「でもよかったわ。あの子たちはちゃんと仲直りできて」

「……そうだな」

後悔と羨望《せんぼう》のにじむその台詞に、直哉は無難な相づちを打つことしかできなかった。

しばし無言が続くふたりだったが――。

「ねーねー！　直哉おにーちゃん！」

「うん？　なんだ、夕菜」

夕菜がエリスの手を引いて戻ってきたので、現実に引き戻された。

もじもじしつつ飛び出したのは、可愛いお願い事だ。

「ばんごはん、おにーちゃんのとこで食べるんだよね？　エリスちゃんも呼んでもいい？」

「ああ、別にいいぞ。エリスちゃんも近所だろ、送っていくよ」

「だったらお言葉に甘えて……お邪魔させていただきますわ」

「じゃあお家《うち》に連絡しないといけないわね。番号は分かる？」

「えっと、わたくしの携帯に入っていて――」

エリスから携帯を受け取って、小雪はテキパキと段取りをこなしていく。

その姿を頼りになるなあ、と思いつつも――。

（やっぱり、小雪も友達と仲直りしたいよな……）

直哉はそればかりが気になって、胸にもやもやが広がる一方だった。

「な、直哉くん、その……」

「うん？」

小雪がエリスの携帯を手にしたまま、すがるような目を向けてきたので思考を切り上げる。

みなまで聞かずとも、言いたいことくらいは分かっていた。

「あ、うん。知らない人に電話かけるの苦手だよな。連絡は俺がやるから」

「ううう……ごめんなさい」

「こら！　直哉おにーちゃん、小雪ちゃんをいじめちゃめっ、だよ！」

「そうですわ！　小雪お姉さまに謝ってください！」

「なんで俺が責められてるんだよ……」

女子が三人も集まれば、男ひとりだと非常に分が悪かった。

ともかくちびっ子ふたりに囃《はや》し立てられるままに、全員で食材の買い出しに向かうことになり——その日は外が暗くなるまで、笹原《ささはら》家に賑やかな声が響くこととなった。

七章　波乱

その日の朝、登校してすぐ小雪《こゆき》はがしっと結衣《ゆい》に手を握られた。

「白金《しろがね》さん！　ほんっとーにありがとう！」

「………………へっ？」

満面の笑みをうかべる相手に反し、小雪は目を瞬《しばた》かせることしかできなかった。

戸惑っていたところに、委員長がにこやかに近付いてくる。

彼女は手をぱたぱた振って切り出した。

「聞いたよー。結衣の妹ちゃんの悩みを、見事に解決してあげたんだってね」

「あ、ああ。夕菜ちゃんのことね」

そう言われてようやく合点がいった。

この前の休みに、結衣の妹である夕菜《ゆうな》のことを、直哉《なおや》と一緒に面倒を見た。

その際、夕菜の相談に乗って、その悩みの種であった友達との仲を修復したのだ。

直哉と小雪、夕菜とその友達であるエリスの四人で夕飯を食べて、子供たちを家までちゃんと送り届けた。それから小雪も直哉に家まで送ってもらって……途中、コンビニに寄ってふたり並んでアイスを食べて、だらだらととりとめのない話をした。

じめじめと暑く、苦手な虫がたくさん出る夏。

本当ならば苦手なはずの季節が、直哉とともにそんな一時《ひととき》を過ごしたことで、かけがえのない思い出となった。

……というようなことを話すと、結衣と委員長は無言で顔を見合わせてみせた。

「えっ、なに？　私なにか変なこと言ったかしら……」

「いやあ。白金さんと直哉、ナチュラルにラブラブだなーって」

「ふえっ⁉」

結衣がしみじみこぼした言葉に、小雪の顔が真《ま》っ赤《か》に染まった。

委員長もなぜか胸を押さえて苦しみ始める。

「あまりの尊さに処理が追いつかない……待って。ちょっと整理させてね……これが自然なイチャイチャか……」

「そ、そんなんじゃないし！」

小雪はあたふたと弁明するしかない。

（あ、あれがラブラブでイチャイチャ……ほんとに⁉）

ただふたりで子供の面倒を見て、夜にアイスを食べたりしただけだ。

小雪はまったくそんなことを考えなかった。

ラブラブでイチャイチャなんて、手をつないだりかき氷を食べさせ合ったり……そんなことばかりだと思っていた。

だが、結衣たちの反応を見るにどうやら『そういう普通のこと』もラブラブでイチャイチャに含まれるらしい。

（そっか……そうなんだ……あれもラブラブでイチャイチャに入っちゃうんだ……!?）

衝撃的な事実を前にして、小雪は真っ赤な顔で固まるしかない。

知らないうちに大人の階段を上ってしまった気分だった。

おかげでふたりから微笑《ほほえ》ましそうな目を向けられていることにまったく気付かなかった。

結衣はやれやれと肩をすくめてみせる。

「まあ、白金さんと直哉がラブラブなのは今に始まったわけじゃないし、今はスルーするけどさ」

「えっ、結衣。そこ大事なところよ。もっと微《び》に入り細を穿《うが》つ感じに聞き出さないと！」

「それはあとでね。本題は別だもの」

「本題って……夕菜ちゃんのこと？」

「当たり前じゃん！」

きょとんとする小雪の手を取って、結衣はにっこりと笑う。

「ほんとにありがとね、白金さん。夕菜、すっごく喜んでたよ」

「えっ、でもメインでお世話したのは直哉くんだし、私は何も……」

「違うって。友達と仲直りさせてくれたんでしょ？」

「あ、あれくらいは誰《だれ》だってできるわよ」

ただちょっと夕菜の背中を押しただけだ。

小雪じゃなくても……もっと言えば、直哉の方がスマートにできたかもしれない。

しかし結衣はかぶりを振るのだ。

「そんなことないって。夕菜ってば、家でも最近塞《ふさ》ぎ気味でさあ。ちょっと心配してたんだよね。このまえ直哉に預かってもらったのも、気分転換になるだろうって狙《ねら》いもあったんだ」

「そうだったの……」

「だからびっくりしたよ。家に帰ってきたら超上機嫌なんだもん」

それで夕菜は小雪が力を貸してくれたと報告したらしい。

結衣はにこやかに告げる。

「白金さんにとっては何でもないことでも、うちの夕菜にとってはすっごく心強かったんだと思う。だからありがとうね。夕菜の分もお礼を言わせて」

「う、うん。どういたしまして」

小雪はぎこちなくうなずくことしかできなかった。

自他共に認めるほどに、小雪は人付き合いが苦手だ。

他人が自分をどう思っているのかが怖くなって、ついつい嫌なことを言って人を遠ざけてしまう。だからずっとひとりぼっちだった。

そんな自分が誰かの力になって、こんな風にお礼を言われるなんて……思ってもみないことだった。

（……直哉くんのおかげかも）

自分はこんなにも変わることができた。

きっと直哉は「小雪が努力したからだよ」とでも言うだろうが……まぎれもなく、彼に出会えたおかげだ。

小雪はそのことを実感して胸が詰まりそうになる。

そんな中、委員長は感心したように声を上げた。

「白金さんったら優しいなあ。ライバルに塩を送ったんだもの」

「えっ、ライバルって……どういうこと？」

「だって結衣の妹ちゃん、その笹原《ささはら》くんにぞっこんなんでしょ？」

「いやー、あの子は直哉のことすっぱり諦《あきら》めたってさ」

「えっ、そうなの⁉」

「うん。『直哉おにーちゃんにお似合いなのは小雪ちゃんだけだよ！』だってさ」

目を丸くする委員長に、結衣は妹の声色《こわいろ》を真似《まね》て言う。

そういえば、帰り際に夕菜から『おしあわせに！』なんて言われたものの……。

「ほんとに諦めたんだ……あんなに直哉くんに懐いていたのに」

「それより白金さんへの好感度が勝ったんだろうねえ」

「へえー、それじゃあライバルを倒したってことか。さすがは白金さん！」

「た、倒したわけじゃないと思うけどね……」

ニコニコ笑う委員長に、小雪は苦笑するしかない。

ともあれ直哉を狙うライバルが減ったのは事実らしく、ほっと胸をなで下ろしてもいた。

直哉は『小雪一筋』だと言ってくれてはいたものの――。

（うん。やっぱり恋のライバルなんていない方がいいわね……あんなのもう、心臓がいくつあっても足りないもの）

真っ向から好意を示せる夕菜に、小雪はハラハラしたし、羨《うらや》ましくも思ったりした。

自分もあんなふうに素直に彼に好意を伝えることができたらどれだけ嬉《うれ》しいだろう。

（………でも、あれはまだ早いかも）

夕菜の行動を思い出し、小雪はかぶりを振る。

ぎゅーっと抱きついたり、頬《ほお》にキスしてみたり。

あんな大胆なことが自分にできるはずはない。もう少し経験値を積まないと不可能だ。

そんなことを考え込む小雪に、結衣はにこやかに続ける。

「とりあえず夕菜から伝言。今度家に遊びに来てね、だってさ」

「うん、お招きいただけるなら行きたいけど……夏目《なつめ》さんは大丈夫？」

「もちろん！　白金さんならいつでも大歓迎だよー」

結衣は満面の笑みで言ってのける。

しかしそこで何かに思い当たったのか、ぽんっと手を叩《たた》いてみせた。

「あっ、そうだ。私も小雪ちゃんって呼んでもいい？」

「ああ、そのくらいのことなら別に……って、へ⁉　な、なんで⁉　どういう流れ⁉」

思ってもみなかった申し出に、小雪はぎょっと目を丸くする。

しかし一方で結衣の方は平然としたものだった。

「だって夕菜がそう呼んでるんだもの。姉の私が名字呼びのままなんて不公平じゃない？」

「そ、それはそうかもしれないけど……」

「でしょ？　私のことも下の名前で呼んでくれていいからさー」

「あ、ううう……」

小雪はしどろもどろになるばかりだった。

友達を名字以外で呼ぶなんて、小学校の親友以来である。

当然ながら緊張はピークに達し、ワクワクとこちらを見つめる結衣の視線が心臓に突き刺さった。

これまでの小雪なら、照れ隠しに『ふんだ。私ほどの完璧《かんぺき》美少女を下の名前で気安く呼ぼうなんて頭《ず》が高いのよ！』くらいのことを言ってしまったかもしれない。そこまで言えなくても、確実に逃げ出していたと思う。

しかし小雪は、足にぐっと力を入れた。

（いいえ、逃げちゃダメよ小雪……！　勇気を出すの！）

それこそが直哉から教わった、何より大切なことだった。

ありったけの勇気を振り絞り、小雪は声を絞り出す。

それでも実際のところはうつむき加減で、蚊の鳴くような声が精一杯だった。

「…………い、ちゃん」

「もう一声！」

「結衣、ちゃん……！」

「よろしい！　よくできましたよー、小雪ちゃん！」

「ふ、ふぇえ……⁉」

結衣がわしゃわしゃわしゃーっと頭を撫《な》でてくるので、小雪は目を白黒させて、されるがままになるしかない。しかし胸の内ではしっかりガッツポーズをしていた。

（すごい……！　下の名前で呼び合うなんて、間違いなくお友達じゃない……！　やったわ、私……！）

友達を作るというミッション達成の瞬間である。

浮かれる小雪だが……ふと気になることがあった。

（あら？　委員長さんってば珍しいわね。いつもはぐいぐい来るのに……）

小雪が結衣に撫で回されて、かわいがられている最中。

「………」

その光景を、委員長は口を挟むこともなくじーっと見つめていた。

分厚い眼鏡《めがね》の奥からのぞく瞳《ひとみ》は、どこか揺れていた。何かを言いたくて堪《こら》えるように、唇をぐっと嚙《か》みしめるその表情はどこか痛々しい。

羨ましい……という様子でもない。

彼女がそんな顔をする理由が、小雪にはまったく思い当たらない。

分からないなりに気がかりだった。

結衣に撫でられるまま、おそるおそる彼女にも声をかけてみる。

「い、委員長さんは？」

「へっ？」

「委員長さんも……『小雪ちゃん』って呼ぶ……？」

「あっ、私は、その……」

委員長はそこでごにょごにょと口ごもる。

やがて取り繕うような笑みを浮かべてかぶりを振った。

「まだそのステージに達するのは早すぎると思うから。もっとゆっくり時間をかけて、距離を縮めていきたいかも」

「そ、そう……」

せっかく勇気を出したのに、丁重に断られてしまった。

おもわずしゅんっとしてしまう小雪を見て、結衣が口を尖《とが》らせる。

「ええー、いいじゃん別に。委員長だってもう十分小雪ちゃんと仲良いじゃん」

「結衣はそう言うけどさあ、こういうのって心の準備がいるじゃない」

「そんなものなのかなあ」

「私はちょっと分かる気がするわね……」

小雪も『直哉くん』と呼ぶのに慣れるまでずいぶんかかった。

だからその気持ちには痛いほど共感するのだが——。

(でも、委員長さんって私みたいに人見知りってわけでもないわよね……?)

結衣のことは呼び捨てだし、クラスの他の相手にもざっくばらんに気さくに接する。コミュニケーション能力はかなり高い方だと思う。

そうなるとますます彼女の反応は謎《なぞ》だった。

小雪は首をひねる一方だが、委員長はにっこり笑ってみせる。

もうそこに、先ほど落ちていたような陰は見られない。

「だからこれからもっと仲良くしてね。そしたらいつか私も、名前で呼ばせてもらうから！」

「う、うん。分かったわ」

小雪はこくこくと頷《うなず》くしかない。

そんな話をしていると、結衣が喜々として提案する。

「それじゃ、親睦を深めるためにも今日は帰りにどっか寄る？　小雪ちゃんにはなんでもおごっちゃうからさ！」

「えっ⁉　い、いいわよ別にご馳走《ちそう》してもらわなくっても……」

「あはは。実を言うと、子守をしてもらったお礼がしたいんだよね。うちのお母さんから軍資金はもらってきてるからさ、直哉も一緒にどう？」

「そ、そういうことなら……お言葉に甘えようかしら」

「やったね！　委員長も一緒にどう？」

「私は……」

委員長はかすかに言いよどみ、視線を泳がせる。

「いいじゃん。小雪ちゃんと直哉の今後について話し合おうよー」

「こ、今後って……特に何もないわよ」

「えー。でも近いうちにお付き合いするんでしょ？」

「うっ……そ、それは……」

結衣が何気なく放った言葉に、小雪は口ごもるしかない。

いつかちゃんと『好き』と言って彼女にしてもらう。

それが当面の目標なのは確かだが――。

（お、お付き合い……本当にちゃんとできるのかしら）

夕菜に直截を取られそうになっても、まともに牽制《けんせい》すらできなかった小雪である。

いざお付き合いをしても何ができるというのか。

むしろかえって意識してしまい、逃げ回る未来しか見えなかった。

だから小雪は顔を背《そむ》けながら片手をかざして拒否のポーズを取る。

「いやあの、当分そういうのはいいかな、って……」

「えっ、なんで？」

「身が持たないと思うから……」

「うーん。案ずるより産むが易《やす》しって言うじゃん？　付き合ってみたら案外こんなものかーってなるんじゃない？」

「そう言う結衣ちゃんは、河野《こうの》くんとお付き合いした当初はどんな感じだった？」

「……まともに顔を見られなかったかも」

「ほらー！」

さっと顔を逸らしてぼそっと言われたため、小雪は我が意を得たりと声を上げる。

元気はつらつな結衣でもそうなるのだ。

小雪ならもっと酷《ひど》いだろう。

「だから、もうちょっと慣れるまではこのままの関係でいいかなーって……」

「うーん。小雪ちゃんがそれでいいならいいけどさー」

「……」

そうは言いつつも、結衣は釈然としなそうに唇を尖らせる。

また、委員長も考え込むようにして顎《あご》に手を当てた。分厚い眼鏡がキラリと光る。

何か言いたそうにしていたものの――結局、柔らかな笑顔を浮かべてみせる。

「クラス委員の仕事もあるし、私はやっぱりパスかな。二人で楽しんできなよ」

「そう？　それじゃ、また今度は誘うからね！」

「うん、約束。次は一緒に遊ぼうね、白金さん」

「う、うん。もちろんよ！」

にこやかな委員長に、小雪は食い気味にこくこくとうなずいた。

彼女と遊びに行けば楽しいに違いない。

心の底からそんな期待がわき上がり、同時に決意も浮かぶ。

（いつか委員長さんとも、ちゃんとお友達になって……そのときは、下の名前を呼んでみせるんだから！）

恵美佳《えみか》ちゃん、と呼べる日を想像し、小雪はぐっと拳《こぶし》を握ったという。

◇

そして放課後。

「さ、小雪ちゃん、どれにする？　なんでも好きなの頼んでいいからね！」

「ううう……でもでも、どれも美味《おい》しそうだし迷っちゃうわ……！」

ファミレスのテーブルを挟み、結衣と小雪はメニューを眺めてあれこれと思案する。

ちょうど季節が夏真っ盛りということもあって、夏限定のスイーツ特集が組まれていた。

スイカやメロンの載ったパフェや、マンゴーのかき氷、冷たいあんみつなど……色とりどりのメニューが並んでいてふたりとも直哉をそっちのけで大盛り上がりだ。

「まあ、ゆっくり悩めばいいんじゃないかなあ」

直哉はふたりを見守りながら、のほほんとオレンジジュースに口を付ける。

そこで小雪が気遣わしげに小首をかしげてみせた。

「直哉くん、ほんとにドリンクバーだけでいいの？　私だけご馳走してもらうみたいで悪いんだけど……」

「いいんだよ。だって今回、結衣がご馳走したいのは小雪の方だろ」

「えっ、この前のお礼でしょ。だったらむしろ私はおまけじゃない？」

「いやいや、俺《おれ》はこんなふうにお礼してもらったこと一度もないし」

「えええっ！　そ、そうだったの？」

「うん。直哉はご近所さんで持ちつ持たれつだからねえ」

驚く小雪に、結衣は平然と言う。

一人暮らしの直哉は、結衣の家でご飯を呼ばれることもあるし、田舎《いなか》からのお裾分《すそわ》けとして野菜を大量にもらったりもする。そのお返しをかねて夕菜の面倒を見ているのだ。

だから、こんなふうにファミレスに誘われることなど初めてだ。

結衣はいたずらっぽく笑って小雪の顔をのぞきこむ。

「だって今回は特別だもの。直哉はともかく、小雪ちゃんにはちゃーんとお礼しないとね！」

「つまり、俺はダシにされたってわけ」

「えええ……わざわざごめんなさいね……？」

「そんなことないって。夕菜のことをお礼したかったのは本心だしさ」

申し訳なさそうに眉《まゆ》を寄せる小雪に、結衣はきっぱりと言ってのける。

よほど夕菜とエリスのことを気にかけていたらしい。

結衣は小雪の手を取って、にっこりと笑う。

「ほんとに今度うちに遊びに来てよね。夕菜と一緒に待ってるからさ」

「う、うん！」

小雪はぱっと顔を輝かせてうなずいてみせた。

（よかったなあ……）

直哉は微笑ましい光景に目を細めつつ、ジュースの残りをちびちびと飲む。

いつの間にか互いに呼び方が変わっているし、距離もぐっと縮まったようだった。

初めて結衣と話した先日に比べると小雪の表情も柔らかいし、もう直哉が気を回す必要もなさそうだ。

だから今日は小雪の付き添いとして、脇役《わきやく》に徹することに決めた。ふたりがデザートの写真を撮ったり、シェアしたりするのをドリンクバーひとつで延々付き合う覚悟である。

ちなみに巽《たつみ》は用事があるということで欠席だ。

女子会になることを予見して逃げたのだろう。直哉も次からはそうしようと、こっそり決意を抱いておいた。

「それより早く選べよ。もたもたしてると日が暮れるぞ」

「うーん、そう言われてもなあ。こっちの通常メニューも美味しそうなんだよね。ほら、苺たっぷりパンケーキとか」

「パンケーキ……！　素敵な響きだわ！」

「あはは……日が暮れるまでには決めろよな」

小雪がきらりと目を光らせたので、直哉はこっそり苦笑をこぼす。

(これはまだまだかかりそうだなあ……)

長期戦を覚悟して、ドリンクのおかわりに立とうとする。

このファミレスは大月学園からほど近いため、店内には直哉たち以外にも学生グループがちらほらと見えた。とはいえまだピークの時間帯には早いのか空席も目立つ。

もう少し長居したところで、店員の目が気になることはないだろう。

そんなことを考えていた、そのときだ。

平和なひとときの終わりを告げる鐘が鳴る。

「あっれー！　結衣じゃん！」

「えっ」

突然、底抜けに明るい声が響き渡ったのだ。

テーブルの三人が一斉に顔を上げると、すぐそばにひとりの女子が立っていた。

小雪らと同じ大月学園の制服に身を包んでいるものの、ふたりとは一線を画するほどにド派手な女子生徒だ。

長い髪を金色に染め、派手な髪飾りでワンサイドアップにしている。化粧は濃いし、付けまつげやカラコンもばっちりだ。爪《つめ》もおしゃれなネイルアートで飾っており、制服の胸元《むなもと》がばっくりと開いている。

　どこもかしこも完全武装。

　自信と陽気に溢《あふ》れた、お手本のようなギャルである。

「へ……あっ、あー！」

　最初はぽかんとしていた結衣だが、すぐに合点がいったとばかりに明るい声を上げた。

「えっ、何。どうしたの、こんなところで。忙しいんじゃなかったっけ」

「えへへー。それが急に暇になってさー」

　結衣とギャルはにこやかに言葉を交わす。

　気心の知れた間柄だということが如実に分かる気安さだった。

　そんなふたりを見て、小雪はこそこそと直哉に耳打ちする。

「わあ……派手な子ねえ。あんな人、うちの学校にいたかしら」

「えっ？　何言ってんだよ。俺でも知ってる子だぞ」

「えっ……？　で、でも見たことない気がするんだけど……」

　目を瞬かせる直哉に、小雪はきょとんと首をかしげるばかりだ。

　そんな小雪に気付いたのか、ギャルはにっこりと手を振ってみせる。

「ども～、あたしミカってゆーの。よろしくねー、白金ちゃん！」

「な、なんで私の名前を……」

「だって有名人だもーん。たしか『猛毒の白雪姫』っしょ？」

「は、はあ……たしかにそんなふうに呼ばれたりもするけど……あんまり好きな呼ばれ方じゃないっていうか……その……」

「ありゃ？　あんまり『毒っ！』って感じのキャラじゃないの？　でもでも噂《うわさ》の毒舌ってやつ聞いてみたいなー。なんでもいいからあたしに言ってみてよー、ほらほらぁ～」

「えええっ……きゅ、急にそんなこと言われても……」

突然の闖入者《ちんにゅうしゃ》、しかも派手なギャルだ。

あまり馴染《なじ》みのないであろうキャラクターを前にして、小雪は人見知りを発動させてガチガチになってしまう。

そしてそれが面白《おもしろ》かったのだろう。

ミカはネイルストーンの輝く指先をぱたぱたさせて、ケラケラと笑う。

「あはは！　白金ちゃんってば真面目《まじめ》～！　ウケる！」

そうしてひとしきり笑ってから、目尻《めじり》の涙をぬぐってずいっと右手を差し出す。

にっこり笑って言うことには――。

「ともかくよろしくねー、白金ちゃん！」

「え、えっと、よろしくお願いします……？」

小雪はその手をおずおずと握った。

表情は完全に引きつっているし、『ギャルのひと、こわい……！』という感想がありありと書かれている。

そんな小雪とミカを見て、結衣は不思議そうに首をひねってみせた。

「え、何。そういうこと？」

「うん。これはこれで面白いっしょ？」

「あはは。なら付き合うよ、ミカ？」

「さんきゅー、結衣！」

にこやかに目配せし合う結衣とミカ。

ただひとり、直哉はきょとんと目を丸くしたままだった。

（これは……俺はしばらく黙って見ておくべきか？）

いろいろツッコミどころがあるものの、女子たちのやり取りに首を突っ込むのはすこしだけ躊躇《ためら》われた。デリカシーに欠けるとよく言われるものの、これでもたまには空気を読む。

ぼーっと三人を見ていると、小雪が慌てたように袖《そで》を引いてくる。

「ギャルのひと、こわい……！　な、直哉くん、どうしたらいいと思う……？」

「いや、普通にしてりゃいいと思うけど」

「普通ってどんな感じ……？」

「いつも教室で話してるみたいに？」

「む、無理むり無理よぉ！　どんなふうにお話ししたらいいか全然分かんないし……！」

小雪は青い顔で、首をぶんぶんと横に振るばかりだ。

しかしそんな中でもおかまいなしに、ミカはにこやかに話しかけてくる。

「ねーねー、おもしろそーだしあたしも混ぜてもらっていい？」

「うん。私はいいけど……小雪ちゃんはどう？」

「ふぇっ⁉　え、えっと……」

結衣に尋ねられて、小雪はしどろもどろでミカのことをちらちらとうかがう。

正直に言って苦手なタイプなのだろう。それでも声を振り絞るようにして結衣にぼそぼそとたずねてみせる。

「ミカさんって……結衣ちゃんのお友達なの？」

「うん。お友達。いい子だよ」

「そ、それじゃあ……私も仲良くなりたい、かも……」

小雪は噛みしめるようにして、こくんと小さく頷いてみせた。

それを聞いてミカはぱあっと顔を輝かせる。

「ありがとねー！　あっ、そっちの彼も大丈夫？」

「ああ、どうぞどうぞ。俺は女子会のおまけだから。ドリンク取ってこようか？」

「そんじゃあたしはコーラで！　よっろしくー！」

「あわわ……わ、私も行くわ」

席を立った直哉に続いて、小雪も一緒にドリンクバーへと向かう。

すこし強張《こわば》ったおももちの彼女に、直哉はこっそりと笑いかけた。

「頑張ったじゃん、小雪。あれはけっこう勇気いっただろ」

「な、何が？　ただ一緒におしゃべりするだけじゃない」

つーんとそっぽを向いて強がってみる小雪だった。

しかしすぐにその強がりも効果を失って、眉がへにゃりと下がってしまう。

「で、でも、本当にちゃんと仲良くできるかしら……あんまり話したことないタイプだし、不安だわ……結衣ちゃんに迷惑かけちゃうかもしれないし……」

「向こうは小雪のこと気に入ってくれてるみたいだし、大丈夫じゃないかなあ」

「ほんとに？　な、直哉くんが言うならそうなのかしら……」

小雪はぶつぶつ考え込みながらグラスにコーラを注《そそ》ぐ。

その間に決心が固まったらしい。ぐっと拳を握ってみせる。

まるで今から魔王の城にでも乗り込まんとするような勇ましい表情だ。

「それなら私、頑張るわ。お友達を増やしてみせる！」

「そうそう。その意気だよ」

直哉はそれにうんうんとうなずいた。

（まあ、この前の夕菜のときみたいに俺は見守るだけにするか）

今回もまた女子会だ。おまけに小雪がやる気とくれば、直哉の出る幕はないだろう。

しかしテーブルに戻ってすぐにその計画が崩れることを知る。

件《くだん》のミカがニヤニヤと笑いながら、真正面の直哉のことを見つめていたからだ。

直哉はきょとんと目を瞬かせるしかない。

「えっ、何？」

「ううん。結衣から聞いたけど、きみって笹原くんってゆーんだって？」

「そうだけど……それが何か？」

「ひょっとして笹原くんって……白金ちゃんのカレシ？」

「かっ、かれっ……!?」

何気なく放たれたその単語に、小雪の顔が音を立てて真っ赤に染まる。

あたふたしながら言葉を絞り出すものの――。

「か、彼氏だなんて、そんなわけないでしょ。こんな変人を彼氏にしたら絶対苦労するに決まってるし。だから、でも、そ、その、えっ……えーっとぉ……」

憎まれ口は次第に尻《しり》すぼみになっていった。

最後に小雪はうつむいて蚊の鳴くような声でぽつりと言う。

「ま、『まだ』、彼氏じゃない、です……」

「おお。けっこう頑張ったな」

毒舌らしきものは出てしまったものの、それでもずいぶん素直になれた方だ。

その成長に、直哉は胸がほんのり温かくなる。

しかしそのほんわかした気持ちは残念なことに長くは続かなかった。

ミカがにっこり笑みを深めて、直哉の顔をのぞき込んできたからだ。

「それじゃあ笹原くんって、今はフリーなんだ」

「一応そうなるけど」

「へー。いいじゃん、いいじゃん！　あたしけっこうタイプかも！」

「……そう来るかー」

「は、い……っ⁉」

直哉は天井《てんじょう》を仰《あお》いでぼやき、小雪はがばっと顔を上げる。

戸惑うふたりにもお構いなしでミカは目を細めて、直哉のことを値踏みするようにじーっと見つめる。カラコンを入れた瞳は大きくて、獲物を狙う肉食獣を思わせた。

「顔も悪くないしさあ。何よりあの『猛毒の白雪姫』と仲良くなれた唯一の男子なんでしょ。もうそれだけで面白いじゃん！　だから試しに――」

「待った」

ミカの台詞を遮って、直哉はため息をこぼす。

「褒めてくれるのは嬉しいけど。先にひとつだけ言っておいていいかな？」

「えっ、何々？」

興味津々とばかりに身を乗り出すミカ。

そんな彼女に、直哉はきっぱりと言い放つ。小雪の肩にぽんっと手を置いて——。

「俺は小雪一筋なんで。悪いけどお断りします」

「へ」

ぽかんと言葉を失うミカではあるものの、すぐにぷふーっと吹き出してケラケラと笑う。

「やだー！　結衣が言ってたとおりにマジで全部分かっちゃうんだ！　手品みたいだし、しかも即答⁉　ますます面白いんですけどー！」

テーブルをバンバン叩いて、お腹《なか》を抱えて笑い転げる始末である。

一方、小雪は話が分かっていないのか目を瞬かせるばかりだ。

「ミカさん、さっきなんて言おうとしたの？」

「うんー？　簡単だよ。『試しにあたしと付き合ってみない？』って」

「な、なんだそんなこと…………って、はいいいいい⁉」

ファミレス中に悲鳴が響き渡り、あたりの客たちがぎょっとこちらを振り返った。

しかし追い詰められた小雪がそれに気付くことはない。

首をぶんぶんと横に振って、ますます声を張り上げてみせる。

「だっ、ダメよ！　ダメ！　絶対にダメ！」

「えー。でも白金ちゃんは、まだ笹原くんと付き合ってないんでしょ？」

「あうっ……⁉　えっと、その……たしかにそれはそう、だけど……！」

「だったらダメとか言う権利、なくない？」

「うぐっ、ううう……！」

ミカの言葉に、小雪は大きく息を詰まらせる。

相手の方が正論だと、自分でも認めてしまったらしい。

しかし大人しく引き下がるわけにもいかなかったようで——直哉の腕にがしっとしがみつき、涙で潤んだ目で必死に相手を睨みつけた。

「それでもダメなの！　この人は渡さないんだから！」

「うふふ。そう言われたらますます奪いたくなるかもー」

「ひえっ……怖い……！　で、でも絶対負けないもん……！」

「あの、小雪。落ち着け。な？」

直哉はぎゅうぎゅうと密着してくる小雪をやんわりとなだめる。

なりふり構わずしがみつくせいで、胸を押しつける形になっていた。正直言ってありがたい感触ではあるものの、小雪のメンタルケアが優先だ。

「俺は小雪一筋だって言っただろ。聞いてなかったのかよ」

「ちゃ、ちゃんと聞いてた、けど……」

小雪はしがみついて涙目のまま、ちらっとミカを見やる。

そうして腕にますます力を込めて、真っ青な顔を向けてくるのだった。

「この前の夕菜ちゃんと違って、今回は年の近い女の子……しかも可愛《かわい》いギャルよ⁉　フラグが立ってもおかしくはないわ！　それに男のひとは、みーんなああいう派手な見た目なのに自分にだけ優しくしてくれるギャルの子が大好きだって、朔夜《さくや》が言ってたわ！」

「朔夜ちゃんの言うことは九割方聞き流していいぞ」

本当に余計な知識ばかり増やしてくれる。

ため息をこぼしつつ諭しても、小雪はこの世の終わりのような顔のままである。

「で、でもぉ……直哉くんってば優しいし、かっこいいし、なんだかんだ気遣いもできるし……他の子が本気で好きになってもおかしくないし……」

ちらちらとミカに威嚇《いかく》の眼差《まなざ》しを送りつつも、惚気《のろけ》全開で警戒心をあらわにする。『な、仲良くできる気がしない……！』という思いがありありと伝わってきた。

そんな警戒心全開の小雪を見て、結衣がほんの少し眉をひそめる。

とがめるような目を向け、隣のミカの腕をつんつんと突いた。

「ちょっとミカ。さすがにやりすぎだって」

「えー。これくらいなら軽い挨拶《あいさつ》みたいなもんっしょ？」

「あ、挨拶で男の子に告白するの……⁉」

「そりゃそーよ」

絶句する小雪に、ミカは不敵に笑ってみせる。

「だってもたもたしてたら他の子に取られちゃうかもしれないじゃん。だったらもう、ビビッと来たなら押せ押せ押せでいくしかなくない？　この世は恋愛戦国時代なんだから」

「うぐっ……せ、正論だわ……！」

「とかなんとか言って、ミカだって男の子と付き合ったことないくせにさー」

「今は厳選中なんだってば。なかなかお眼鏡に適《かな》うのがいなくってねえ」

茶々を入れる結衣に、ミカは肩をすくめてシニカルに笑う。

そうして直哉を見やってぺろりと舌なめずりをひとつ。

「笹原くんはやっぱりアリかもね。マジでどう？　あたしならいつでも好きなときに好きなだけ、エッロいことしてあげるよ～」

「あはは、お断りします。ほら小雪。デザート食べて機嫌直せって」

「うう～……」

にこやかにミカのことをすっぱり振って、小雪にメニューを手渡す。

小雪はしょぼくれた顔をしつつも、結局スイカとメロンの山盛りパフェを選んだ。

結衣たちもそれぞれパンケーキやプリンアラモードを注文し、ほどなくして三人分のデザートが運ばれてくる。それにともなって流れる空気も和《なご》やかなものとなった。

小雪も目線の高さほどもあるパフェを前にして、キラキラと目を輝かせる。

「わあ……！　すっごいボリューム！」

「ねー。ここのデザート、見た目も味も格別なんだ。ほらほら、食べて食べて」

「ありがと、結衣ちゃん！　いただきます！」

メロンアイスにスプーンを突き立ててぱくりと一口。

するとと小雪の顔がぱあっと明るくなった。よほどお気に召したらしい。そのままアイスやビスケット、カットされたフルーツなどを機嫌よく食べ進めていく。

先ほどのもやもやが薄れていくのが手に取るように分かった。

そんな小雪とは対照的に、ミカの方はプリンをちまちま食べながらぼやく。

「ちぇー、フラれちったか。失恋に甘味がしみるなー」

「諦めなって。直哉と小雪ちゃんの仲は誰にも邪魔できないよ」

「そうは言うけどさあ、結衣。まだ付き合ってないんでしょ？　それならまだあたしが付け入るチャンスはあると思うんだけどなあ」

「むっ」

小雪の眉がぴくりと動く。

挑発ともとれるミカの発言が気に障ったのだろう。

「……直哉くん。ちょっと」

「はいはい。あーん」

みなまで言わずとも、何がしたいかはすぐに分かった。

小雪がすっと差し出したスプーンに直哉はぱくりと食いつく。

食べさせてもらったメロンアイスはほどよく溶けて、口触りもいい。おまけのように付けてもらえたスイカの果肉も瑞々《みずみず》しくて甘かった。

甘味を堪能しつつ、直哉は心中でしみじみする。

（最近こういうことが多いなあ。プールでのかき氷とか、看病してもらったときのお粥とか……）

間接キスにも、もう慣れた。

それを満足げに見てから、小雪は鼻を鳴らしてミカを見やる。

「ふふん。どう？　この人がこんなふうに、素直に言うことを聞くのは私だけなんだから」

「俺はペットか何かかよ」

苦笑しつつツッコミを入れる。

それをミカはぽかーんと見つめていた。ここまでやるとは思っていなかったらしい。

しかしすぐに気を取り直したようにニマニマと笑顔を浮かべてみせる。

「えーっ、いいなあ。あたしもやってみたいかも。はい、笹原くん。あーん」

「ふえっ⁉」

「いやいや、あーんじゃなくてさ……」

ミカは自分のプリンをひとさじ掬《すく》って、直哉にずいっと突きつけてくる。

おもわぬ攻勢に直哉は苦笑するしかない。

勝ち誇っていたはずの小雪もあたふたと狼狽《ろうばい》してしまう。

「しょ、初対面の男の子に『あーん』するなんて……破廉恥《はれんち》すぎない⁉」

「えーっ、これくらい普通じゃん？」

「かっ、かかか、間接キスになるのに⁉　普通なの⁉」

「回し飲みくらい友達ともするっしょ？　それと一緒だって」

「男の子との場合は違うわよ！　やっぱり破廉恥だわ！」

「それなら白金ちゃんも、あたしと同じで破廉恥ってことになるけどいーの？」

「ち、違うもん！　わ、わたしは……私はとにかく違うの！」

顔を真っ赤にして小雪はぶんぶんと首を横に振る。

まともな言い訳が浮かばなかったらしい。

それでもキッと好戦的にミカのことを睨《にら》みつけて、その手に握るスプーンに狙いを澄ます。

「ふんっだ！　こんなのこうよ！　あむっ！」

「あーっ！」

差し出されたプリンを、直哉のかわりにぱくっと一口。

神妙な面持ちでしっかり咀嚼《そしゃく》して飲み込んでから、不敵な笑みを浮かべてみせる。

「ふん。次にまた同じことをやっても、私が代わりに食べるんだから。もうその手は封じたわよ！」

「ふーん……そっかあ。んふふふ～」

「えっ、な、なに？　なんで笑うの？」

してやられたはずなのに、ミカは目を細めて蠱惑《こわく》的に笑う。

わざとらしく頰に手を当てて、照れたようにいうことには――。

「それじゃあ、あたしと白金ちゃんが間接キスしたことになっちゃうね～」

「ひゃううっ⁉」

小雪は口を押さえてフリーズしてしまう。

その隙《すき》に、ミカは直哉の前にまたスプーンを突き出してくるのだが――。

「だから笹原くんともお揃《そろ》いになりたいな～。ほらほら、今度こそあーん」

「いや、結構です」

直哉はそれにきっぱりとノーを突きつける。

「あいにくだけど、小雪以外から餌付けされるつもりはないんで」

「お堅いなあ。仮に白金ちゃんが本命だとしても、ちょっとくらい他の子と遊んでもよくない？」

「よくない！」

直哉のかわりに小雪が噛みつくように断言した。

威嚇、と言うよりも追い詰められた仔ヒツジの最後の抵抗のようである。

「はいはい。ミカはすーぐ調子に乗るんだから」

「むぐっ」

そこで結衣が自分のパンケーキをそこそこ大きめに切り分けて、ミカの口に突っ込んだ。

口いっぱいに頰張《ほおば》りつつ、ミカはもごもごと言う。

「でもこれくらい、あたしらいつもよくやってるじゃーん。ゲームとかでさ」

「まあ、私たちはねえ」

「ゲーム？」

「ああ、こういうのがあってね」

直哉が首をひねると、結衣はカバンをごそごそとあさる。

中から取り出したのは手のひら大の箱だった。蓋《ふた》を開くとトランプのようなカードが何十枚と入っている。

「一応トランプなんだけど、カードごとに指示が書いてあるの。ビリの人は、カードからランダムに引いて罰ゲーム……って感じだねえ」

「あたしらはよく友達同士で遊ぶんだー。ほんとは合コン用らしいけど」

「へえ。今はいろいろあるんだなあ」

結衣から借りて、カードをぱらぱらめくってみる。

数字とスペードなどのマークが隅っこに書かれており、中央には指令がでかでかと踊っていた。『二位の人とお菓子を食べさせ合う』やら『一位の人の好きなところをひとつ言う』……などなど。

小雪も興味深そうにのぞき込み、ため息をこぼしてみせた。

「だからふたりとも距離感がめちゃくちゃ近いのね……なんだか納得だわ」

「えへへ～。それほどでもないかなあ」

「褒めてるわけじゃないから」

頭をかいて照れるミカに、小雪は半眼を向ける。

しかし当人はその冷たい視線にも動じることなくあっけらかんと言う。

「せっかくだし四人でやってみない？　ババ抜きとかさ」

「む……それにかこつけて、また直哉くんにちょっかいかけようって言うんでしょ。その手には乗らないわよ」

「えー、白金ちゃんが勝てばよくない？　このゲーム、一位は特権が与えられるからさ」

「と、特権、って？」

「自分が罰ゲームの対象になったときに拒否できるんだ。あとはねえ……」

ミカは直哉からトランプを奪い取り、一枚取り出してぺらっとめくる。

そこに書かれていたのは『二位の人とハグする』だ。

「もしあたしがビリになって、このカードで二位の笹原くんとハグしようとしても……白金ちゃんが一位なら、罰ゲームの権利を奪ってもいいの。あたしのかわりに笹原くんとぎゅーっとできるって寸法だよ」

「な、なるほど、ぎゅーっと……」

直哉のことをちらっと見て、ほんのり頬を染めて考え込む。

よほど『ぎゅーっと』に心惹《ひ》かれているらしい。

「で、でもそのためには絶対一位を取らなきゃだし……ううう」

「ははーん……さては白金ちゃんったら」

ミカはトランプのエースをひらひらさせながら、にんまりと笑みを深めてみせた。

「あたしに勝つ自信がないんだー。だったら仕方ないよねえ」

「はあああ!? そんなわけないでしょ!」

分かりやすすぎる煽《あお》り文句。それを小雪は真っ向から受け止めた。

目をつり上げて、びしっと人差し指を向けてみせる。

「見てなさい！　あなたなんか容赦なくボッコボコにしてやるんだから！　受けて立とうじゃ

ない！」

「よーっし、言ったなー☆」

「小雪、それ完全にフラグだぞ……」

直哉は額を押さえて呻《うめ》くしかない。

先日、おままごとの母親ポジションをめぐるジャンケンで夕菜に惨敗したのは、すっかり忘却の彼方らしい。思い直すようになだめてみるものの、その瞳に宿った闘志の炎はめらめらと燃え上がるばかりだった。

「止めないでちょうだい、直哉くん。女には負けられない戦いってものがあるのよ！」

「そうそう。それにただのお遊びだしねー」

慣れた手つきでトランプを交ぜてから、ミカは小雪へずいっと拳を突き出してみせた。

「それじゃあ勝負といこーじゃん！　手加減はなしだかんね、白金ちゃん！」

「望むところよ！」

「私、この後の展開読めたよ、直哉」

「奇遇だな、結衣。もちろん俺もだ」

バチバチと火花を飛ばすふたりをよそに、結衣と直哉はそっと目配せするしかなかった。

結果――。

「よっしゃ！　最下位だー！」

「ううう……さ、三位……！」

ミカが最後までジョーカーを死守し続け、小雪が半端《はんぱ》な順位となった。

かくして罰ゲームの権利はミカになった。悔しそうに歯がみする小雪の隣で、直哉は顎を撫でてうなる。

「なるほどなあ。このトランプ、アタックしたい相手がいたら一位か最下位キープが求められるんだな」

「ま、罰ゲーム狙いならそういうことだねえ。合コンなら一気に距離が縮まって盛り上がるんじゃないかなー」

「俺らには相手がいるし、関係ないけどな」

「ねー」

「それより直哉くん強すぎない……⁉」

結衣とほのぼのと会話を交わしていると、小雪が涙目ですがりついてきた。

「一位を取るのはなんとなく予想してたけど……なんであんなにスムーズに上がれるの⁉」

「いやだって俺、相手のカードを読むくらい簡単だし」

「えええ……そんな手品みたいな……さすがのあなたでもムリでしょ。一応聞くけど、じゃあこれは？」

「ダイヤの八」

「怖いっっっ⁉」

小雪が示したカードをマークまでぴたりと当てると悲鳴が返ってくる。

ちなみに数字が読めるだけでなく、誰がどのカードを引くのかもだいたい予想ができる。

そのため自分のところに回ってくるであろう札を先読みして、順々に処分していくことが可能なのだ。

「それじゃあたしが罰ゲームだね。よーし……このカードだ！」

ミカが山札から一枚引く。

そこに書かれていた指令は、なんと——。

「よーっし、大当たり！『好きな相手とポッキーゲーム』だってさ！」

「ぽ、ポッキーゲームぅ⁉」

小雪が今にも卒倒しそうな悲鳴を上げる。

間接キスにはずいぶん慣れても、そうしたステップにはまだ耐性がないらしい。

わなわな震える小雪をよそに、ミカは自分のスイーツにちょうど刺さっていたポッキーでびしっと直哉を指し示す。

「もちろん相手は笹原くんで！　さあ、いっちょお手柔らかに☆」

「あ、あううう……！」

小雪は顔を赤くしたり青くしたり、直哉とミカを交互にせわしなく見やって狼狽《うろた》えるばかりだ。

三位という半端な順位だから、ゲームのルール上は口を挟む権利がない。しかしそれでもやっぱり一言言わなくては気が済まなくて、でも何と言って止めればいいか分からなくて……。

そんな切羽詰まった思いがありありと伝わってくる。もう涙があふれる寸前だ。

だから直哉はにっこり笑って、ミカに手のひらを突きつけた。

「じゃあパスで。一位は罰ゲームが拒否できるんだろ」

「ええー、たしかにルールじゃそうなってるけど……ノリが悪いなあ。こんな美少女とポッキーゲームできるんだよ？」

ポッキーをくわえて、ミカは身を乗り出してくる。

さりげなく胸元を強調させるので、大胆な谷間が丸見えだ。とろんと蕩《とろ》けた表情も、熱っぽい吐息も、上目遣《うわめづか》いも、何もかもが男のツボを突く。

自分の武器をすべてあますことなく使いこなす経験がうかがえた。

ミカは囁《ささや》くように誘う。

「ハーレムルートもありなんじゃない？　ひとりの女の子だけで本当に満足なの？」

「あいにく、俺は小雪以外に興味ないんで」

「な、直哉くん……」

直哉の即答に、小雪が目を潤ませる。

本心だと伝わったようでほっと胸をなで下ろす。

ハーレムという言葉の響きはたしかに魅力的だ。だがしかし、それが意中の女の子を悲しませることになるなら、ハーレムなど願い下げだ。

「それに、そろそろやめといた方がいいと思うしなあ……」

「つれないなー。あたしは二番目の女でも全然かまわないけど？」

「いやいや、ダメに決まってるだろ」

ぱたぱたと手を振って、直哉は小さくため息をこぼす。

この誘いに乗れない理由はもうひとつあった。

それは彼女が――小雪の友達だからだ。

「これ以上はさすがに小雪に嫌われるぞ、委員長さん？」

「へっ……」

「……はい？」

ミカがぴしっと凍り付き、小雪が怪訝《けげん》そうに眉を寄せる。

「直哉くん……今なんて言ったの？」

「うん？　委員長さん、って言ったけど」

「……ミカさんって、直哉くんのクラスの委員長さんだったりするの……？」

「いや、小雪のクラスの。眼鏡で三つ編みの女の子、いるだろ」

「委員長さん⁉」

　ぎょっと目をむいてミカのことを凝視する小雪。

　その視線に耐えかねるようにして——

「……ちぇー。バレちゃったか」

　ミカは唇を尖らせて、自分の頭をわしゃわしゃとかき回す。

　すると金のウィッグがずるっと脱げて、下から真っ黒な髪が現れた。

　まるで魔法のような変身ぶりだ。小雪はあんぐりと口を開けて固まってしまう。

　それを見て、結衣が苦笑を向ける。

「だから言ったじゃん。その程度の変装じゃ、直哉にはバレバレだって」

「だって笹原くんとは一回しか話したことないんだよ？　それなのに、なんで私だって分かるわけ⁉」

「そう言われても、輪郭とか骨格とか声とかそのままだし」

「えええ……顔認証ソフトみたいな人だなあ……化粧でかなり変えたつもりだったんだけど」

　ミカこと委員長は手鏡を取り出してぶつぶつとこぼす。

　化粧もばっちりだし、以前言葉を交わしたときに比べると声も作っている。

　よほど親しい人でもない限り、見破ることは容易ではないだろう。とはいえ、直哉にはもちろん通用しない。

そんな話をするうちに、フリーズしていた小雪がおずおずと口を開く。

「ほ、ほんとに委員長さんなの……？　別人なんだけど……」

「……もちろん私だよ。ほら、このメガネで分かるんじゃないかな。ほら」

「委員長さんだわ⁉」

彼女が苦笑しつつ黒縁メガネをかけた瞬間、ようやく合点がいったらしい。

黒髪を三つ編みにまとめ、制服の胸元をちゃんと留めると学校で見る姿に早変わりした。

結衣は肩をすくめて言う。

「驚いたでしょ。委員長、中学のころはこんな感じだったんだって。私も写真でしか見せてもらったことなかったけど、人って変わるもんだよねえ」

「そういえば『昔と変わった』とか何とか言ってたけど限度があるわよ……！」

「驚かせてごめんね、白金さん。でも……笹原くんにはいつからバレてたの？」

「もちろん最初会ったときからだよ」

直哉は平然と言う。

人の顔を覚えるのは得意な方だし、彼女が小雪と話すところを学校で何度も目撃していた。

だからひと目見ただけで相手の正体に気付いたものの――。

「小雪を驚かせたいんだろうなーってのが分かったから、空気を読んで一応黙ってたんだよ。でもさすがにあれ以上はちょっと見過ごせなかったというか……ごめん。勝手にネタばらししちゃって」

「毎日会ってる私が分からなかったのにぃ……」

　小雪は釈然としないようだった。

　しかしすぐに何かに気付いたように、ハッとして口元を押さえる。

「待って、そういうことなら……委員長さん、笹原くんのことを狙ってるの⁉」

「……ううん」

　それに委員長は苦笑をうかべてかぶりを振る。

　ため息を吐き出して肩を落とし、ぽつぽつと打ち明けるのは悪事の懺悔《ざんげ》だ。

「白金さんが進展を迷ってるとか言うからさ。年の近いライバルが出てきたら、ちょっとは焦《あせ》るかも、って思って。で、こんなふうにけしかけてみたっていうか……うん」

「つまり……あれ全部演技なの⁉　私を焦らせるための⁉」

「そうです……ほんとにごめんなさい……」

「まあ、気を遣ってくれたこと自体はありがたいけどさ」

　彼女が直哉と小雪のことを心配してくれたのは事実だろう。直哉をもてあそぶような一連の演技はどれも真剣そのものだった。だから直哉も今の今まで付き合ったのだ。

　それでもやっぱり、ちゃんと言っておくべきことがあった。

　直哉は委員長をまっすぐ見据えて、告げる。

「さっきみたいな、ああいう無理矢理なのはやめてほしい。俺は小雪の気持ちが固まるまで、ちゃんと待つつもりなんだから」

「直哉くん……」

「……そっか」

委員長はその言葉を噛みしめるようにして笑う。

そうして深々とふたりに頭を下げてみせた。

「ほんとにごめんね、白金さんに笹原くん。お節介だったね。嫌われてもおかしくないことしちゃったな……」

「えっ⁉　う、ううん。たしかにちょっとビックリしたけど……とりあえず、顔を上げてちょうだい」

小雪はあたふたとフォローする。

ごほんと咳払《せきばら》いをしてから——ゆっくり顔を上げた彼女に、にっこりと笑いかけた。

「委員長さんは私のことを心配してくれたのよね？　だったらいいわ。許してあげる」

「白金さん……」

「でも、もうあんなことしちゃダメよ！」

びしっと人差し指を突きつけて、隣の直哉を顎で示す。

「いくら直哉くんが私の忠実なシモベだったとしても……あーんな明るくて可愛い女の子にぐ

いぐい言い寄られたら、オオカミになっちゃうかもしれないんだから！　この人ったら無害そうな見た目に反して性悪だから、委員長さんだって餌食《えじき》にされちゃうに決まってるわ！」

「『直哉くんが浮気《うわき》しないのは分かったけど……ああやって女の子にアタックされるのは見ててもやもやするし！　あんなの二度とごめんだわ！』だって？　いやあ、俺が小雪一筋だってようやく分かってもらえたみたいで嬉しいよ」

「あなたは余計な口を挟まないで！」

「わあ、ほんとに白金さん専属翻訳機なんだ。結衣の言ってたとおりだねえ」

「でしょ？　見てると面白いんだー、このふたり」

「見世物じゃないのに……」

ぶつぶつと呟《つぶや》きつつ、残ったパフェをつつく小雪だった。

そんな小雪を見て、強張っていた委員長の表情がふんわりと緩《ゆる》む。

彼女はしょぼくれた小雪の顔をのぞきこみ、諭すように言う。

「大丈夫大丈夫。もう笹原くんにちょっかいは出さないよ。だって大事な……友達の、好きな人だもん」

「委員長さん……！」

小雪がぱっと顔を輝かせる。

そのまま彼女の手をぎゅうっと握って――。

「嬉しい！　結衣ちゃんに続いてお友達ふたり目だわ……！」

「えっ、まずそこに反応するんだ」

「よかったなあ。小雪」

「うん！」

直哉が笑いかけると、小雪も満面の笑みを向けてくれた。

不思議そうな委員長に、小雪は人差し指をすりあわせながら打ち明ける。

「私、小学校で仲のよかった子とギクシャクしちゃってから……ずっとお友達ができなかったの。だから委員長さんにそう言ってもらえて嬉しいのよ」

「……そっか」

委員長は少し言《い》い淀《よど》んでから、ぎこちなく笑う。

小雪の境遇に同情した……ように見える反応だ。

だが、直哉はこっそりと首をひねる。

（うん？　なんで委員長が申し訳なく思うんだ？）

彼女が今感じたのは、後悔や痛恨……そうした己《おのれ》に対する負の感情だ。

とはいえ先ほどのギャルモードでの行いはすでに謝ったし反省もしてくれた。

（…………まさか）

そこで直哉は、とある可能性に思い至る。

しかし荒唐無稽な話だ。ありえないとは思うものの、他に考えられることはない。

直哉がひとり物思いに沈む中、小雪は興味津々とばかりに委員長に話しかける。

「それより、どうして高校に入って大人しい格好になったの？　ほんとに正反対の大変身じゃない」

「えっ？　ええっとその……高校ではあんまり目立ちたくなかったというか……うん」

委員長は目を泳がせて、小雪の視線から逃げるようにして身じろぎする。

あからさまに挙動不審だ。

やがて彼女は耐えかねたように席を立つのだが――。

「あっ、私ちょっとお化粧落としてくるね！　このままじゃ中途半端《ちゅうとはんぱ》でっ、て……うぎゃ⁉」

「委員長さん⁉」

「ちょっと委員長大丈夫⁉」

テーブルの脚に足を引っかけて、委員長は床にばたんと転んでしまう。

しかも顔面からだ。かなり痛そうで、小雪だけでなく結衣も腰を浮かして心配する。

「いっ、たた……ご、ごめん。なんともないから……」

「そんなわけないでしょ！　あわわ、大丈夫……⁉」

小雪が慌てて駆け寄って、自分の鞄《かばん》からハンカチを差し出す。

彼女の顔を拭《ぬぐ》い、埃《ほこり》を払う。

「血は出てないみたいだけど、少し冷やした方が…………？」

「し、白金さん？　どうかした？」

そこで小雪がはたと口をつぐむ。

じっと見つめるのは委員長の顔だ。

ハンカチで拭ったせいで、その面立ちはかなり印象が変わっていた。

化粧はほとんど落ちており、眼鏡どころかカラコンまでもどこかに落としてしまったらしい。

切れ長で涼しげな目元には泣きぼくろが飾られ、鼻筋もすっと伸びている。

キラキラしていたギャルモードから一転、中性的な美人と呼ぶべき変身ぶりだ。

それを見て、結衣が「おおっ」と歓声を上げた。

「委員長のすっぴんとか初めて見た。いっつも薄くメイクしてるもんねえ。でも小雪ちゃん、ちょっと見つめすぎじゃない……？」

「…………」

不思議そうに首をかしげる結衣。

しかし小雪はそれにはかまうことなく、ごくりと喉《のど》を鳴らす。

委員長の顔を見据えたまま、おそるおそる呼びかけた。

それは『委員長さん』でも『ミカさん』でもない。

小雪にとって大切な、たったひとりを指すあだ名で——。

「……ちえちゃん、なの？」

「へ…………っ――――!?」

委員長の顔が驚愕《きょうがく》に染まり、次の瞬間真っ青になる。

彼女は刹那《せつな》ためらった後――。

「ごめん……！」

紙幣をテーブルに叩《たた》き付け、バッグをつかんで逃げ出した。

「ま、待ってよ！　ほんとにちえちゃんなの!?　ねえ!?」

小雪はその背中に向かって叫ぶものの、彼女の足は止まらなかった。

ファミレスの扉に体当たりするように勢いよく飛び出して、あっという間にその姿が見えなくなる。

あとに残された小雪は呆然《ぼうぜん》と、委員長の去った方を見つめるだけだった。

突然の急展開に、結衣は目を瞬かせる。

「え、何？　これってどういうこと？」

「あー……さすがの俺も、この展開は読めなかったかも」

直哉はため息をこぼすことしかできなかった。

どうやら先ほどの直感が当たってしまったらしい。

八章　過去との戦い

次の日。

直哉《なおや》は小雪《こゆき》に付き合って、すこし早い時間帯に登校した。

朝練に励む生徒はグラウンドなどに集結しているため、玄関や廊下、教室はどこも閑散としている。夏の日差《ひざ》しもまだ本気を出してはおらず、気温もそこまで高くはない。

静かで穏やかな朝である。

しかし小雪の様子は、穏やかさからは正反対のものだった。落ち着きなくあたりを見回して、肩にかけたカバンの紐《ひも》を両手でぎゅうっと握りしめている。

小雪がきょろきょろと見回す先――。

「あっ……見つけた！」

「へ……っ⁉」

二年三組の教室の前で、ばったりと目当ての人物に出くわした。

委員長こと、鈴原恵美佳《すずはらえみか》である。

昨日はギャルギャルしい出で立ちで現れた彼女だが、今日はいつも学校で見かけるような黒髪三つ編みメガネという典型的な委員長スタイルだ。

彼女は小雪を前にしてびくりと凍り付いてしまう。

まるで天敵を前にした小動物のような反応である。

そんな彼女に、小雪は真剣な顔で声をかけるのだが――。

「ちょっと委員長、改めて話が――」

「っ……ごめんなさい！」

「あああっ⁉　待ってってば⁉」

小雪がみなまで言う前に、恵美佳はダッシュできびすを返してしまう。

手近な階段を三段飛ばしくらいで駆け下りて、あっという間に姿を消す。

もちろん後を追う猶予もなかった。

恵美佳が消えた方に手を伸ばしたまま、小雪はがっくりと肩を落とす。

「ううう……また逃げられたあ……」

「どんまい。ちなみにやっぱり、あの子が『ちえちゃん』本人だと思うぞ。顔の輪郭とかそのままだし」

「やっぱり……？」

小雪の肩をぽんっと叩《たた》き、直哉はあっさりと言う。

片手に持つのは、今朝方小雪から借りた一枚の写真である。小学校時代に撮ったというそこには、白金《しろがね》邸の庭で遊ぶふたりの少女が写っている。

ひとりはもちろん小雪だ。

季節は今と同じ夏らしく、袖《そで》なしのワンピース姿で花壇に水をまいている。

そしてもうひとり、髪の短いボーイッシュな女の子が、小雪のそばでにこにこと笑ってい
て――それは直哉の目には、鈴原恵美佳その人の幼少期にしか見えなかった。


そしてその日の昼休み。

学食の隅で、直哉と小雪、そして朔夜《さくや》がひとつのテーブルを囲んでいた。

わいわいがやがや騒がしい空間において、そこだけは食器の音がやけに大きく響くほどに静
かである。

ひととおり話を聞いてから、朔夜は小首をかしげてみせる。

「ふえふぁん?」

「うん、飲み込んでから話してくれていいからな」

口いっぱいにもぐもぐする彼女に、直哉はツッコミを入れておく。

朔夜が食べているのはラーメン定食（大盛り）である。

シンプルな具材のラーメンとチャーハンという運動部の男子高校生めいたメニューを、黙々
と口に運んでいく。見た目は細身のくせに案外大食漢らしい。

ラーメンを半分以上胃袋の中に収めてから、朔夜はようやく普通に口を開いた。

「ちえちゃんなら私も知ってる。お姉ちゃんの小学校時代のお友達でしょ」

「やっぱり朔夜ちゃんも会ったことがあるんだな」

「うん。私も何度か遊んでもらったから。でも、そのちえちゃんがどうかしたの？　ずっと昔に引っ越していったはずだけど」

「それが小雪と同じクラスにいたんだと」

「なんと。驚きの展開ね」

表情筋を微動だにさせることなく、朔夜は淡々と言う。

知らない人が見ればふざけているのかと勘ぐりたくなるような薄い反応だが、しっかり驚いていることを直哉はきっちり見抜いていた。

朔夜はチャーハンへとレンゲを向けつつ、姉にじと目を向けてみせる。

「でも、もう一学期も終わりそうなんだけど。その間ずっと気付かなかったの？　お姉ちゃんってばちょっと薄情じゃない？」

「だって仕方ないじゃない……！」

小雪がダンッとテーブルを叩《たた》く。

頼んだはずの冷やし中華にはほとんど手を付けていなかった。

テーブルを叩いた手で、そのまま顔を覆《おお》ってうなだれる。

「ずっと『ちえちゃん』って呼んでたから下の名前はあいまいだったし……昔と全然雰囲気も違うし、何より名字だって違うんだもん……！」

「小学校のときに引っ越したのも、お母さんの再婚のためなんだとさ」

結衣《ゆい》からの情報によると、彼女はずっと小さいころに父親を亡くし、母親とふたりで暮らしていたらしい。しかし小学校のころに母親が再婚。隣の市に引っ越したのだという。

名字が違って当然だ。おまけに写真を見せてもらった幼少期のころと比べれば、確かに雰囲気も変わっているし、分からなくても無理はない。

ちなみに昔の名前は明智恵美佳。

姓の下の文字と、名の上の文字を取って『ちえちゃん』らしい。

そう説明すると朔夜は一応は納得したようにうなずいてみせる。

「ふうん、なるほど。でも、やっぱりよく分からないね」

「ど、どういうことよ……」

「だって向こうはお姉ちゃんのこと、ひと目見れば分かったはずでしょ。お姉ちゃんってば人混みの中にいても目立つもん」

銀髪碧眼《へきがん》という希少な容姿だ。

おまけにこちらは名前も変わっていない。

向こうが小雪に気付いていなかったというのは、どう考えてもありえないだろう。

「お姉ちゃんがそんなに落ち込んでる理由も分からないし。ちえちゃんとは仲が良かったんじゃないの？　会えて嬉しくないの？」

「……仲が良かったと思ってたのは私だけなのよ」

「どういうこと？」

首をひねる妹に、小雪はぽつぽつと語った。

当時、他の子供たちと恵美佳が話しているところを偶然聞いてしまったこと。

そこで彼女が小雪のことを『嫌いだ』と言っていたこと。

そのせいで上手《うま》く話せず疎遠になったこと。

小雪は肩を落としてうなだれてしまう。

「今日も、私と目が合っただけで逃げちゃうし……さっきも昼休み前に話しかけようとしたのにダッシュでいなくなっちゃったの。やっぱり嫌われてるんだ……」

「嘘《うそ》でしょ。昔はあんなに毎日遊んでたのに」

朔夜はますます首をひねるばかりだった。

チャーハンを米粒ひとつまで綺麗《きれい》に平らげつつ、さらなる疑問を投げかける。

「今のクラスではこれまでどんな感じだったの？　無視されてたりしたの？」

「それがめちゃくちゃ仲良くしてくれてたのよね……」

「それなのに、ちえちゃんは自分だって名乗らなかったの？」

「うん。全然言ってくれなかったわ」

「どういうことだろう。聞けば聞くほど、ますます何も分からなくなる」

「……私だってそうよ」

小雪は盛大にため息をこぼして肩を落とす。

自分を嫌っていたと思っていたはずの相手が、正体を隠して近付いてきていたのだ。ぐっと距離は近くなって、友達と言える仲にもなっていた。

それが突然、正体が判明した瞬間によそよそしくなる。

小雪でなくても誰《だれ》だって混乱するシチュエーションだ。

「なんで言ってくれなかったのか、なんで仲良くしてくれたのか……全然分かんないの。本当は嫌われてたのかなとか、反応見てからかってたのかなとか……なんだか嫌なことばっかり考えちゃうし……」

小雪はしょんぼりとうなだれる。

しかしそこで控えめに顔を上げ、隣でパンをかじる直哉の顔をうかがった。

「ひょっとして……直哉くんなら、ちえちゃんが何を考えてるかも分かるの？」

「うん。だいたいは」

直哉はあっさりと応《こた》えてみせた。

恵美佳が何を考えているのか、小雪の悩みを解決する方法は何か、直哉にはおそらくすべて分かる。

そう告げると、小雪は口を尖《とが》らせて直哉を睨《にら》む。

「でも、そう簡単には教えてくれないんでしょ」

「お、分かる？　やっぱり小雪にも俺《おれ》の察しの良さがうつったのかもしれないな」

「バカにしないでちょうだい。この前のときと一緒でしょ」

わずかに目をつり上げる小雪である。

先日の夕菜《ゆうな》とエリス、あのふたりのときと同じパターンだ。

直哉は事態の真相をすべて理解している。

だがしかし、それをあっさり教えることはできなかった。

「俺が口を挟めば、人間関係のゴタゴタなんて九割方あっさり解決するんだよ。互いが何を考えているかとか、どんな誤解があるかとか丸分かりなんだから」

「現代社会において最高に便利なチート持ちよね、お義兄《にい》様。異世界に行ってもワンチャンあると思う」

「あはは。もし仮に異世界転生したら天下でも取ってみようかなあ」

朔夜の軽口に応えて直哉は鷹揚《おうよう》に笑う。

関係の修復が可能か不可能か、それくらいは少し観察すればたやすく読めてしまう。

そのおかげで直哉はこれまで対人における問題を抱えたことがほとんどない。

それとなくフォローするだけで相手の好感度は平均値くらいにキープできるし、よほど馬の合わない相手ならそれを察して離れることだってできるからだ。

　チートと呼ばれても異論はない。

「でも、これは俺の問題じゃない。当事者は小雪だ。それで……小雪には、自分の力で道を切り開いてもらいたいんだ」

「私の、力で……」

「そう。小雪はどうしたい？　こういうのは本人の気持ちが何より大事だからさ」

　小雪の顔をのぞきこみ、直哉は静かに問いかける。

　これも奇《く》しくも先日、小雪が夕菜にアドバイスしたときとよく似た状況だ。

　あのときの夕菜と同じように、小雪も選択のときだった。

「選択次第で小雪は傷つくかもしれない。だから逃げたっていい。全部なかったことにしてもいい。明日から単なるクラスメートとして、委員長と接することだってできるだろ」

　過去のことをすべて忘れて、接触を断つ。

　そうすれば小雪があれこれ悩むことも、傷つくこともない。

　消極的ではあるものの、もっとも被害の少ない手だ。

「……それだけは嫌」

　小雪はゆっくりと、しかし力強く首を横へ振った。

「ちえちゃん……ううん。委員長さんと一緒にいて、楽しかったのは事実だもん。なかったことにはしたくない」

「じゃあどうする？」

「決まってるでしょ」

小雪はしっかり、噛《か》みしめるようにしてうなずく。

顔を上げると、そこには先ほどまでの暗い陰は消えていた。かわりにその双眸《そうぼう》に宿るのは、燃えたぎるような決意の炎だ。

「ちゃんと話をして、仲直りしたい」

「うん、そっか」

そんな小雪の頭を、直哉はぽんっと撫でる。

聞く前から分かりきっていた返答ではあるものの、ちゃんと小雪の言葉で聞いておきたかった。小雪も小雪で口に出したことで考えがようやくまとまったらしい。

ぐっと拳を握りしめて、メラメラと燃え上がる。

「そうよ、この程度で私から逃げられるなんて思わないことだわ。私は直哉くんみたいな変人にも根気強く付き合えるくらい、強靱《きょうじん》な忍耐力を持っているんだから！」

「俺をなんだと思ってるんだよ」

ツッコミを入れつつも直哉は相好を崩した。

やる気になったようでホッと胸をなで下ろす。

「でもどうするの？　お姉ちゃんが話しかけたら逃げちゃうんでしょ？」

「うぐっ……それなのよね」

朔夜のツッコミに、小雪がしゅんっと勢いをなくす。

何度も何度も逃げられているため、さすがにそこはショックを受けているらしい。

「聞いたら委員長さん、今は陸上部なんですって……しかも短距離走が得意とかいうし……さすがの私も、そんな人に本気で逃げられたら追いつけないわ」

「そういえばちえちゃん、昔からお姉ちゃん並みにスポーツ万能だったものね」

「そうなのよ……昔から駆けっこで勝てたことなんてほとんどないわ。いったいどうしたら捕まえられるのかしら」

「大丈夫だって。捕まえるだけでいいなら、それは俺が協力するからさ」

「えっ、直哉くんってそんなに足に自信があったの？」

「いんや、そんな疲れることしないよ」

首を横に振ってから、直哉はにやりと笑った。

「捕まえるだけでいいなら簡単だ。俺に任せとけって」

◇

「はーあ……」

学校の廊下を、恵美佳はとぼとぼと歩いていた。

授業が終わってすぐ、カバンをつかんで教室を飛び出したのが十秒前。

幸いにして小雪とは席が離れているため、帰りはとても逃げやすかった。

とはいえ明日以降もうまくかわし続ける自信はない。小雪とは今もまた同じ学校だし、同じクラスだし。何より帰る方向も一緒である。

共通の友達である結衣も、昨日のファミレスでの一件を聞きたそうにしていたし、このまま問題を先送りにし続けることはどう考えても不可能だった。

最悪、学校をサボることも考慮に入れなければいけないだろう。

(とうとうバレちゃったな……)

まだ閑散としている靴箱に手を伸ばし、恵美佳は深々とため息をこぼす。

夕暮れには少し早い時間帯ではあるものの、あたりは薄暗い。晴れていたはずの空にはいつの間にか分厚い雲が広がっていて、生ぬるい風が足下を駆け抜ける。

じきに一雨来そうな雰囲気だ。

自分の影に視線を落とし、恵美佳はぽつりとこぼす。

「今さら小雪ちゃんと仲良くしようなんて、やっぱり無理だったのかな……」

分かりきっていたはずのことを口にして今さら悔やむ。

しかし、それで足を止めていたのが悪かった。

「委員長さん！」

「わっ⁉」

突然、靴箱中に大声が響く。

びくりと肩を震わせて振り返れば、すぐ十メートルほど先の場所に、息を切らした小雪が立っていた。目をつり上げてまっすぐ恵美佳のことを睨みつけるその姿は、あまたの戦場を駆け抜けた戦女然《いくさおんなぜん》としている。

その気迫に、恵美佳はおもわず小さく悲鳴を上げてしまって――。

「ひいっ……！　ご、ごめんなさい！」

「こら！　今度こそ逃がさないわよ⁉」

全力で走り出したその背中に、小雪の怒号が突き刺さる。

それと同時に勢いよく地を蹴《け》る音がした。追いかけっこのスタートだ。

「ま、待ちなさいよ！　本気で、逃げるなあ……！」

しかしすぐに小雪がバテた。

小雪の足がもつれそうになり、ふたりの距離が一気に開く。

その好機を恵美佳は見逃さなかった。

背後の小雪に目もくれず細い路地に飛び込んで、でたらめに曲がって逃げる。ときには民家の庭も突っ切って、恵美佳自身もどこをどう走ったかも分からないような逃走経路だった。

やがて恵美佳は小さな公園にたどり着く。

住宅街のただ中にある、ブランコとベンチが置かれただけの場所で、もちろん初めて来るところだった。

恵美佳が駆け込むのとすれ違いに、遊んでいたであろう子供たちがバタバタと公園を出て行く。ちょうどそこで雨が降り始めたからだ。

雨粒が低木を揺らし、風がさらに強くなる。もうあと少しで本降りになるだろう。

汗と雨で濡《ぬ》れた額を拭《ぬぐ》うこともなく、恵美佳はぜえぜえと息をつく。

「はあ、はあ……こ、ここまで来ればさすがの小雪ちゃんも——」

「捕まえた」

「ひゃわあああああっ⁉」

誰かにぽんっと肩を叩かれて、恵美佳は腰を抜かしてしまった。

◇

恵美佳が腰を抜かすのも、直哉は想定済みだった。

だから、ちょうどベンチのそばで声をかけたのだ。ベンチに腰を落としてきょとんとする恵美佳へと、直哉は爽《さわ》やかに笑いかける。

ビニール傘を叩く雨粒は、ゆっくりと強さを増していった。

「どうも、昨日はいろいろとありがとう。委員長さん」

「へっ、え……笹原《ささはら》くん⁉」

恵美佳は裏返った悲鳴を上げる。

「なっ、なんでここにいるの⁉　ひょっとして先回りしてきたわけ……⁉」

「いや、先回りっていうか、単にここで待ってただけなんだけど」

「待ってた、って……私でたらめに走ってきたんだよ⁉　こんなところ私だって知らないし……なんで待ち伏せできたわけ⁉」

「人間、追い詰められたときの思考パターンが一番分かりやすいんだよなあ」

昨日ファミレスで話したおかげで、恵美佳の人となりはだいたい分かっていた。

そして学校周辺の地図をざっと見たところ――。

「委員長さんがたどり着くならここだろなーって当たりを付けて、こうして見張ってたんだよ。いやあ、うまく捕まって良かった良かった」

「チートなのは昨日で分かってたけど……もうそれ、察しがいいってレベルじゃ済まないからね⁉　もはや超能力の域だよ⁉」

悲鳴じみたツッコミを叫ぶ恵美佳だった。

いまいち信じられないようだが、実際目の前に直哉がいるので大混乱らしい。

ともあれ、それはこちらにとって好都合だった。

ちょうどその折、本降りになって霧が出たようになった公園入り口に、人影がたどり着いたからだ。

「ほ、ほんとにここにいたぁ……！」

小雪である。傘もささず、肩で息をしてぜえぜえと喘《あえ》ぐ。

それでもしっかりこちらを見据えて、確かな足取りでベンチの方まで向かってくる。

「うぐっ……!?」

「はいはい、逃げないでくれよなー」

慌てて腰を浮かせる恵美佳の肩を、直哉は有無を言わさず押しとどめた。

年貢の納め時だと分かったのだろう。彼女もそれ以上抵抗することなく、立ち尽くしたままで小雪のことを迎えた。

雨脚が強まり、足下でしぶきが跳ねる。

場の空気が一気に張り詰めていくのが肌で分かった。

そんななか、直哉は小雪に予備の傘を差し出そうとするのだが――。

「追いついてよかったよ、小雪。それよりほら、傘。風邪引くぞ」

「そんなの今はどうだっていいわ」

小雪はかぶりを振って、まっすぐに恵美佳のことを見据えるだけだった。

傘をさすことも、水滴を拭うこともしない。

長いまつげを雨粒が伝い、いくつもいくつも頬《ほお》を滑り落ちていく。

「あなた……ちえちゃんなのよね?」

「っ……!」

その名前で呼ばれた途端、恵美佳の肩が小さく跳ねた。

しかし覚悟を決めるように唇を噛みしめてから、困ったように笑ってみせた。

「うん……そうだよ。久しぶり、小雪ちゃん」

「っ、ほんとのほんとに、ちえちゃんなのね……」

小雪はぐっと喉《のど》を鳴らし、低い声で告げる。

「だったら私……あなたに話さなきゃいけないことがあるわ」

「……うん」

小さくうなずく恵美佳。

そんな彼女の真正面に立って、彼女の顔を見ながらまっすぐに——。

「ちえちゃんが私のことを嫌いでも……私は、ちえちゃんのこと、ずっと大好きだから……!」

「…………えっ?」

深々と頭を下げて、告げた。

恵美佳はきょとんと目を丸くして固まってしまう。

しかし小雪は顔を伏せたまま、ぎゅっと拳を握りしめて震えた声を絞り出す。

「あのころ……私、あなたに嫌われたと思って怖かったの。だから逃げてた。でも、もう逃げないわ。同じクラスにいたのに気付けなかったのは、本当に申し訳ないけど……できたら、もう一度、な、仲良くなりたいの」

その声に嗚咽《おえつ》が混じり始める。

それでも小雪は必死に、心の底からの言葉を紡《つむ》いだ。

「ちえちゃんが私のことを嫌いなのは知ってる。でも、私は……ず、ずっとちえちゃんのこと、友達だって、思ってて……！」

「あ、あの、小雪ちゃん……？」

そこで、恵美佳がおずおずと口を挟む。

小雪が涙と雨で濡れた顔を上げたところで、ごくりと喉を鳴らしてから続けて問うた。

「さっきから、その……何を言ってるの？」

「へ……？」

「小雪ちゃんが……最初に私のことを嫌いになったんでしょ？」

「…………はいっ⁉」

素《す》っ頓狂《とんきょう》な悲鳴を上げる小雪である。

まさに青天の霹靂《へきれき》だったらしい。

涙も一瞬で引っ込んだらしく、あたふたしながら恵美佳の肩をがしっとつかむ。

「な、なんでそうなるの⁉　私がちえちゃんを嫌うとか……そんなわけないでしょ！」

「だって小学校のころ、急に話してくれなくなったじゃない……」

今度は恵美佳がうつむく番だった。

雨はさらに勢いを増して、大粒のしずくが彼女らを打ち据える。

そのせいで悲壮な空気が漂いはじめるも……それでも直哉は下手に口を挟むことなく、じっとその場面を見守った。

恵美佳はぽつぽつと思いの丈をこぼす。

「だから嫌われたんだ、って思って……引っ越しのお別れもできなかったし、小雪ちゃんのことはもう忘れようと思ってたんだよ。それなのに、この学校で見かけたときはすっごく驚いたんだから」

懐かしさのあまり声をかけようとしたものの、それは躊躇《ためら》われたという。

相手は幼なじみだが、恵美佳のことを嫌う相手だったからだ。

「だから私だってバレないように、こーんな地味な格好で、目立たないようにしてたのになあ」

「そ、それでギャルをやめたの⁉　私から隠れるために⁉」

「そーゆーこと。みんなにも名前じゃなくて『委員長』って呼んでもらうよう頼んだり、いろいろ頑張ってたんだから」

親の再婚で名字は変わったものの、下の名前は昔と変わらない。

その名前で呼ばれてしまえば、小雪に正体がバレてしまうかもしれない。

そう考えた恵美佳は必死に隠れようと努力した。

そこまで打ち明けてから、彼女は肩を落としてため息をこぼす。

「でも、ちょっと小雪ちゃんと仲良くなったら欲が出ちゃった。昔みたいになれると思ってたのに……私だってバレたら、もう無理だよね」

「そ、そんなことないわよ！　私はちえちゃんのことずっと大好きなんだけど⁉」

「嘘！　だったらどうして急に無視するようになったの⁉」

「あ、あれは……そもそもちえちゃんが悪いんじゃない！」

ふたりとも声を張り上げて一歩も譲らない。

真っ向から相手を睨みつけて、ぎゃーぎゃーと騒ぐ。

一見すると険悪なムードではあるものの――直哉はほっと胸をなで下ろした。

（うん。相手の目を見られるようになってきたし、頃合《ころあ》いかなあ）

うつむいてウジウジするよりは、攻撃的でも本音が出る方がまだマシだ。

そしてそこに彼女らが和解するヒントがあった。

「はい、ストップ」

「な、何なの急に⁉」

「レフェリーストップってあるだろ。それだよ」

「笹原くんは審判だったの……？」

「まあ、おおむねそんなところだな」

うろたえる小雪と、胡乱《うろん》げな眼差《まなざ》しを向ける恵美佳。

両者をどうどうとなだめつつ、直哉は笑う。

人間関係のゴタゴタなんて、ただの行き違いがほとんどだ。それを解決しようとするのはとても勇気がいる。大半の人間は、こじれた関係を修復することを諦《あきら》めることだろう。

それなのに小雪は対峙《たいじ》することを選んだ。

だから直哉にできることは――この土壇場で、そっと手を貸すことだけだった。

彼女らの顔を見比べて、穏やかな声で問う。

「ふたりとも、どうして相手が自分を嫌っているだなんて思ったんだ？」

「えっ、なんで、って……」

恵美佳は言葉を濁し、そっと小雪の顔をうかがう。

「さっきも言ったけど……小学校のころ、小雪ちゃんが急に話してくれなくなったの。あんなに毎日遊んでたのに……そんなの、私を嫌いになった以外にありえないでしょ？」

「だ、だって仕方ないでしょ……！」

小雪は恵美佳のことをちらっと見やる。

しょぼくれたように肩を落とし、ぽつりと言うことには。

「ちえちゃんが、私のことを陰で『嫌い』って言ってたんじゃない……」

「へっ⁉」

そこで恵美佳がぎょっと目を丸くした。

あたふたと狼狽《うろた》えながらも、全力で首を横に振る。

「し、知らないよそんなこと！　何かの間違いなんじゃないの⁉」

「……忘れてるだけなんでしょ。私はちゃんと覚えてるんだから」

小雪はふて腐れたように唇を尖らせて、ぷいっとそっぽを向いてしまう。

一方、恵美佳は青い顔で目を白黒させるばかりだ。

こじれそうな気配が濃厚な中、直哉は待ったをかける。

「待った。小雪、そのときのこと詳しく覚えてるよな？」

「へ？　わ、忘れようったって忘れられないわよ」

「じゃあ、ここで委員長さんに教えてやれよ。いつどこで、どんな場面で聞いた台詞《せりふ》なのか」

「……そうね。思い出してくれるかもしれないし」

小雪はため息交じりにぽつぽつと語った。

小学校のころ。ある日の放課後。

教室に残った恵美佳を迎えに行って、小雪はクラスの子たちが自分の悪口を言っているのを廊下の外で聞いてしまう。そして、中には恵美佳もいた。

そして彼女ははっきりと、その子らを見据えてこう言ったのだ。

『私も小雪ちゃんのこと………大嫌いよ』

だから距離を取ったのだと、小雪は一息でやけくそ気味に語り上げた。

「ほら、どう？　いい加減に思い出した？」

「そ、そんなこと、私は言って……あっ」

そこで恵美佳の目が丸く見開かれる。

彼女はしばし考え込み、やがて額を押さえてぼそっとこぼす。

「た……たしかに言ったかもしれない……」

「ほら！」

「ち、違うってば！　私が言ったのは……！」

恵美佳は首を振り、雨音にも負けないほどの大声を上げる。

「『小雪ちゃんのことを悪く言う人たちなんて、大嫌いよ』って言ったんだよ⁉」

「………え？」

「ほらな」

小雪の表情が凍り付き、直哉はうんうんと頷《うなず》く。

そのまま恵美佳は堰《せき》を切ったように言葉を続けた。

「うん。たしかそうだったわ。悪口を言ってた子たちが、私にも同意を求めてきたからそう言い返してやったの。小雪ちゃん、たぶんそれを聞いたんじゃないかな」

「ほ、ほんとに、ほんと……？」

「うん。教室の隅の方で話してたのも記憶通りだし……」

そこで言葉を切って、恵美佳は空を見上げてみせる。

雨脚のピークは過ぎたようだが、それでもまだ大粒のしずくがこぼれ落ち、地面を強く叩いていた。遠くの方ではゴロゴロと雷も鳴っており、ひどく騒がしい夏の日暮れだ。

「あの日もたしかこんな雨だったし。小雪ちゃん、私の言ったことがちゃんと聞こえなかったとかじゃないかなあ……」

「じゃ、じゃあ、ひょっとして……」

小雪は肩を震わせ、ごくりと喉を鳴らす。

それでも真《ま》っ青《さお》な顔で、おそるおそる真相を口にした。

「……全部、私の勘違いってこと？」

「そういうことだな」

「えええええええええ⁉」

直哉がぽんっと肩を叩くと同時、小雪がつんざくような悲鳴を上げた。

それだけではショックが収まらなかったのか、がばっと直哉に向き直って胸《むな》ぐらをつかみ、がくがくと揺さぶってくる。

「そ、それじゃあ何⁉　私ってば、勝手に勘違いして、勝手にひねくれて……勝手にいじけていたってわけ⁉　それをこの何年も、ずっと、ずーっと引きずってたってこと⁉」

「うん、非常に言いにくいことだけど……その通りだと思う」

「うわああああああああ⁉」

とうとう悲鳴を上げてうずくまってしまう小雪だった。

さすがの直哉もそれ以上はかける言葉が見つからず、ただ傘を差し出すことしかできない。

そんなところに、恵美佳はおずおずと首をかしげてみせる。

「どうして笹原くんは分かったの……？　小雪ちゃんが勘違いしてるって」

「だってふたりとも、お互いのこと大好きだろ？」

小雪は恵美佳を、恵美佳は小雪を。お互いに大事に思っている。

それは昨日のファミレスでの一件前後で何ら変わらず、だから直哉は直感したのだ。

「何か誤解があるんだろうなあ、って思ってさ。で、情報をすりあわせてみたら案の定ってわけ。簡単な推理だろ？」

「本当に便利な人だよねえ……」

恵美佳は半笑いで相づちを打つばかりだった。若干引き気味である。

その一方で、頭を抱えてうずくまっていた小雪だが――。

「うっ、ううう……ち、ちえちゃんっ！」

「うわっ」

弾かれたように立ち上がり、恵美佳にずいっと迫る。

そのころにもなれば雨はほとんど上がっていた。針のように細いしずくが、しとしとと降《ふ》り注《そそ》ぐ。それでも小雪の顔は大雨を浴びたかのように濡れていた。

声をうわずらせながら、涙をぼろぼろ流しながら、小雪は懸命に言葉を紡ぐ。

「ご、ごめんね！　本当にごめんね、ちえちゃん……！　わ、私が変な勘違いしたせいで、ちえちゃんにも嫌な思いさせて……ほんとの、ほんとにごめんねえ……！」

「う、ううん。いいよ、そんなこと」

恵美佳はそれにかぶりを振って、薄く笑う。

足下に視線を落とし、彼女も声を震わせて続けた。

「あのとき私もちゃんと小雪ちゃんと話していれば、すぐに誤解も解けたのに。怖がって何も聞かなかった、私だって悪いもん」

「ちえちゃん……」

「でもそっか、嫌われたわけじゃなかったんだ……よかったあ……」

噛みしめるようにして、恵美佳はほうっと吐息をこぼす。

そんな彼女を前に、小雪はぎゅっと拳《こぶし》を握った。

ようやく雨が止んだ。空を覆っていた分厚い雲に亀裂が走り、光の筋が差し込みはじめる。

公園のあちこちにできた水たまりにそれが反射して、きらきらと輝いた。

光にあふれた景色の中。

小雪はぐっと体中に力をこめて、硬い面持ちで恵美佳をじっと見据える。

「ちえちゃん、あのね……」

「う、うん。なあに？」

「私と、もう一度……お友達になってください！」

小雪は勢いよく右手を差し出して、頭を下げる。

微動だにしないまま、一世一代の告白でもするかのように続けた。

「虫のいい話だって分かってる。勝手に勘違いして、酷《ひど》いことしたのは確かだわ。だから、それ全部、これから償いたいから……やり直させて欲しいの」

「……うん」

恵美佳はその手をぎゅうっと握り返した。

はっと顔を上げた小雪に、彼女はにっこりと笑いかける。

「私の方こそ、お願いします」

「ほんとに⁉」

「もちろん。また一緒に遊んだりできたら嬉しいな」

「わ、私も！　ちえちゃんとプールとかお祭りとか……たくさん行きたいわ！」

「プールか、いいねえ。この前約束したもんね」

恵美佳は顔をほころばせ、いたずらっぽく笑う。

「この前プールの話をしたときも聞きたかったんだけどさ、小雪ちゃんって泳げるようになったの？」

「うっ……そ、それはその……いいでしょ別に！」

「あはは、やっぱり変わってないかー」

ふんっとそっぽを向く小雪に、恵美佳は微笑《ほほえ》ましそうな目を向ける。

ふたりがつなぐ手に込めた力はとても強く、ちょっとやそっとのことでは離れないことがひと目で分かった。

おかげで直哉はホッと胸をなで下ろすのだ。

「よかったなあ、こゆ――」

「あっ、直哉くん！」

「うわっ⁉」

声をかけると同時に、小雪ががばっと抱きついてきた。

雨に打たれてずぶ濡れだが、高揚感のせいか体温が高い。それが直哉の首に腕を回して、ぎゅうぎゅうとしがみついてくるのだ。さすがの直哉も、目を白黒させるしかない。

「ありがとう、直哉くん！　あなたのおかげだわ……！　ちえちゃんと仲直りできたのよ！　ずっと諦めてたのに……！　ほんとにほんとに、ありがとう！」

「そ、それは分かったからさ……とりあえず離れよう。な？」

懸命になだめるも、小雪は意にも介さなかった。

おかまいなしで抱きついて、ぴょんぴょん跳ねてははしゃぐ始末である。

そんな小雪を見て、恵美佳は目尻《めじり》をぬぐいつつにこやかに笑う。

「いやあ、ほんとにラブラブだねえ。私が余計なお節介焼く必要なんてなかったね」

EPILOGUE エピローグ

かくして長年にわたるわだかまりが解けて、小雪《こゆき》はかつての友情を取り戻すことができた。

次の日から彼女を待っていたのは、それまでよりもずっと輝かしく充実した学生生活――ではなかった。

小雪の自室に、ぴぴっと体温計の音が響く。

それを受け取って、直哉《なおや》はため息をこぼしてみせた。

「三十八度三分……けっこう高くなってるなあ」

「ふぇえ……」

ベッドに横になったまま、小雪は呻《うめ》き声とも鳴き声ともつかない吐息をこぼす。

顔は真っ赤《まか》で目はほとんど閉じられている。かすかに開いた唇から聞こえる呼吸音はひどく苦しそうだ。額には熱冷ましのシートがぺたっと貼《は》り付けられており、着ているのも皺《しわ》の寄ったパジャマである。

典型的な風邪引きだった。

先日は直哉が倒れたが、今回は小雪の番だったらしい。

昨日恵美佳《えみか》と話し合いをする間、雨に打たれっぱなしだったのが悪かった。

かくして小雪はぶっ倒れて貴重な休みに寝込むこととなり、直哉が朝一番でお見舞いに駆けつけたというわけだ。

か細い呼吸をこぼす小雪の顔をのぞきこみ、直哉は小声でたずねる。

「何かほしいものあるか？　下から取ってきてやるよ」

「うう……でも、直哉くん、帰ってくれていいのよ……朔夜《さくや》もいるし……」

「いや、朔夜ちゃんは予定があるって出かけていったぞ」

「よてい……？」

「桐彦《きりひこ》さんと一緒にカップル観察だってさ。前にプールで出くわしてから意気投合したみたいで」

「何それ聞いてないぃ……」

作品のネタを探す桐彦と、彼の作品のファンである朔夜。

気が合った結果、あれからちょくちょく駅前やショッピングモールをはしごしては、見かけるカップルについて論議しているらしい。ネタ出しに付き合ってくれるお礼として、朔夜はケーキなどをご馳走《ちそう》してもらうらしく――。

（それ、一般的にデートって言うんだけど。気付いてなさそうだよなあ、あのふたり）

いろいろ面白《おもしろ》いので、しばらくじっくり見守るつもりである。

ちなみに小雪の母親は、直哉と入れ違いで買い物に出かけてしまっている。

父親のハワードはまだイギリス出張中だというし、現在この家で小雪の面倒を見られるのは直哉しかいないのだ。ちなみにペットの猫、すなぎもは小雪のベッドの隅っこですやすやと眠っている。病気で弱った飼い主のことを、彼女なりに心配しているらしい。

「そういうわけだから、しばらく俺《おれ》が看病するよ。この前俺もしてもらったし、これでおあいこだろ」

「でもでも……そしたら直哉くんにうつっちゃうかもしれないし」

小雪はブランケットを口元まで引き寄せてもごもごと言う。

きゅっと寄せられた眉根《まゆね》のしわは、発熱の苦しさだけが理由ではないだろう。申し訳なさそうな小雪に、直哉は冗談めかして笑う。

「そしたらまた小雪が看病してくれよ」

「………うん。してあげる」

小雪はへにゃっと相好を崩す。

今日は憎まれ口を叩《たた》く余裕もないのかずいぶんと素直だ。

ブランケットから顔を出し、ぽやぽやした調子で続ける。

「じゃあね、じゃあね……ジュースが飲みたいな……」

「分かった。持ってくるから大人しく寝てるんだぞ」

「はあい……」

力なく片手を上げる小雪に見送られ、直哉は部屋を出て行こうとする。

しかしドアノブに手をかけたところで思い出して「そういえば」と切り出した。

「委員長さんから伝言だけどさ」

「……うん」

「お大事に、だって。小雪のこと心配してたよ」

同じく雨に打たれた恵美佳だが、風邪を引くこともなかったらしい。その分、小雪が倒れたことを聞いてかなり動揺したようだ。直哉に送られてきたメッセージは誤字脱字まみれだった。

そう告げると、小雪はほうっと吐息をこぼして天井《てんじょう》を見上げる。

「そっか……ちえちゃんは元気なんだ。よかったあ……」

「うん。それで結衣《ゆい》も心配してたぞ。今日は俺に譲ってくれたけど、明日も調子悪いみたいならお見舞いに来たいってさ」

「うーん……それもうれしいけど……やっぱり学校で会いたいし、頑張って治す」

「そっか。それじゃあますます俺も看病頑張らないとな」

直哉はにこやかに言って、今度こそドアノブを回す。

そこで小雪が声をかけた。

「あっ……待って、直哉くん」

「うん？」

振り返れば、小雪はベッドに横になったままこちらをじっと見つめていた。

熱のせいか目はうるんで焦点もあいまいだ。

それでも小雪は懸命に言葉をつむぐ。

「ほんとにね……ぜんぶ直哉くんのおかげなの」

「俺のおかげ、って……委員長さんと仲直りできたことか？　あれは小雪が逃げずに立ち向かった結果だろ。俺はちょっと背中を押しただけだよ」

「そうだったとしても、直哉くんがいなかったら無理だったもの」

小雪ははふ、と息継ぎしてから薄く笑う。

「あなたがそばにいてくれたから勇気が出せたの。だからありがとうね、直哉くん。私……あなたに会えて、ほんとによかった」

「そ、そっか……」

「うん。もっと早くに、会いたかったなあ……」

ふにゃふにゃした声でそう言って、小雪は軽く目を閉じる。

長々と話をして、すこし疲れてしまったらしい。それを見届けて、直哉は音を立てないように静かに部屋を出る。廊下に出て――ドアに背を預け、天井を仰《あお》いだ。

「やっべえ……すごい破壊力だ……」

熱があるわけでもないのに顔の赤みが引かなかった。

人は弱ると素直になるものだ。そうは言っても、今のはかなりぐっときた。

直哉はため息交じりに頭をかく。

「いくら考えてることがだいたい分かるって言ってもなあ……実際それを言葉にされるのは破壊力が違うって……」

そもそも風邪引き中の好きな子という時点で破壊力はすさまじい。

とろんと蕩《とろ》けた顔が色っぽいし、汗の香りも蠱惑《こわく》的だ。

ちょっと不埒《ふらち》なことを考えてしまい、直哉はかぶりを振って邪念を追い出した。

相手は病人だし、自分の役目はその看病だ。煩悩は一時封印である。

ひとまず右手と右足を同時に出しながら台所へと向かった。グラスとジュースの紙パックを手にして部屋へと戻る。

ひょっとすると小雪は眠ってしまったかも、と思いきや。

「おかえりぃ……」

「……ただいま」

ベッドから上半身を起こした状態で出迎えてくれた。

パジャマの一番上のボタンが外れて、胸の谷間がちらりと見える。

そこに目が吸い寄せられそうになるのをぐっと堪《こら》え、ジュースを注《そそ》いで渡してやった。

「ほら、飲めるか。ゆっくりでいいからな」

「んー……」

小雪はぼんやりしたままグラスを受け取り、ちびちびと口をつける。

冷蔵庫にあった果汁百パーセントのオレンジジュースだ。大好きなメーカーのはずだが……

小雪は顔をしかめ、べっと舌を出す。

「へんなあじぃ……」

「ええ……ひょっとして、小雪……」

そういえば先ほどよりも目がとろんとしている。

悪い予感に苛《さいな》まれつつも、直哉はその額にそっと触れてみた。

「うわっ、熱上がってるじゃん」

「んむうー……ねつなんかないもん……」

小雪はかぶりを振るものの、見るからにぼんやりしている。

邪念なんて一瞬で消し飛んだ。直哉はベッドのそばにしゃがみこみ、小雪の顔をのぞき込む。

「小雪、しんどいだろ。ジュース以外にも、欲しいものがあったら何でも言ってくれ」

「……ほしいものー？」

小雪はぽやーっと考えこんでから、直哉の服をちょこんと摘《つ》まむ。

「直哉くんが、ほしいかなあ……」

「ぐっ、う……！　そういうことじゃなくってな⁉」

小悪魔じみたジョークとかではなく、本気で言っているのが分かるので心臓に悪かった。

服を掴《つか》む小雪の手をやんわりと外し、直哉はどぎまぎしながらも続けてみる。

「えっと、ほら。アイスとかほしくないか？　冷凍庫《れいとうこ》にあったはずだけど」

「いらなあい……」

「うーん……それじゃ、何かして欲しいこととかは？」

「してほしいことー……？」

小雪はぽやぽやしたまま首をかしげる。

直哉はそこから望んでいることを読み取ろうとするのだが――。

(うーん、ダメだなこりゃ……いまいち読めないや)

今の小雪は理性の仮面が取り払われ、余分な雑念が一切《いっさい》含まれていなかった。

ある意味、悟りを開いているような状態に近い。

これでは直哉の読心スキルもかたなしである。

(親父なら、これでも簡単に分かるんだろうけどなあ……)

そんな益体のないことを考えつつも、ひとまず小雪の返答を待ってみる。

すると小雪は何を思ったのか、ぼんやりした様子でベッドをぽんぽんと叩く。

「ここ……」

「うん？」

「すわって」

「はあ……」

言われるままに、直哉は小雪の隣に腰を落とす。

何がして欲しいのかと思いきや――。

「よいしょっ、と……」

「はい⁉」

小雪は直哉の肩をぐいっと押して、ソファーベッドに押し倒した。

そうして自分はその隣に寝転がり、ぎゅうっと抱きついて満足げに言う。

「おやすみー……」

「待て待て待て……⁉」

抱き枕《まくら》にされたまま、直哉は小声で抗議の声を上げるしかなかった。

ベッドの寝心地は抜群で、ふたりで横になるには十分な広さがある。とはいえ、それとこれとは話が別だ。

今はベッドの上、横向きで向き合った状態である。どう見てもまずい。

余計な客が増えたせいで、すなぎもがさらに隅へと追いやられ「なうっ！」と恨みがましい目を向けてくるものの、直哉にはどうしようもなかった。

小雪は直哉の胸に顔を埋めて、仔猫のように目を細める。

「えへへ……直哉くんのにおいだー……」

「だから、ほんとに待ってくれませんかね……!?」

風邪で上がった体温がダイレクトに伝わるし、息遣いや匂《にお》いもとても近い。

急接近も密着も、何度も経験済みだ。それなのに場所が好きな子のベッドというだけで、これまで体験したどんなイベントより遥《はる》かにインモラルに感じられる。

上には上があるということを、直哉は身をもって知った。

(まずいだろ!?　風邪をうつされるだけならいいけど……これはいろいろとまずいって!?)

はたから見ると完全に据え膳状態だろうが、今の小雪は理性ゼロだ。

手を出すのは人としてアウトである。

(そもそもまだ付き合ってもいないしな!)

ますます流されるわけにはいかなかった。

直哉は必死にこの危機的状況を打開しようとするのだが――。

「ほ、ほら、小雪……付き合ってもいない男女が一緒に寝るのはまずいだろ……そろそろ放してくれないかな……?」

「やだ」

小雪は即答して、拗《す》ねたように口を尖《とが》らせる。

「ひとりで寝てるの、さびしいんだもん……直哉くんも、一緒がいい……」

「俺はどこにも行かないから。それにほら、さすがにふたりで寝ると狭いだろ？　だから俺は出ていって――」

「せまいー……？　だったら、もっとくっつくね……？」

「ち、違う……!?」

完全に墓穴を掘った。

小雪はさらにぎゅーっと抱きついて、足を絡《から》めてくる始末だった。

生足の感触が心臓に悪い。逆に寝にくいだろうとツッコミを入れる余裕もなかった。

小雪はますますご機嫌そうに、頬《ほお》を緩《ゆる》めてへにゃっと笑う。

「ふふ……あったかぁい……」

「それは良かったけど……やっぱりこれはアウトだろ!?」

むしろセーフの部分が見当たらなかった。

相手が病人なので力尽《ちからず》くで押しのけることはできないが、拘束からなんとか逃れようと直哉はじたばたと暴《あば》れる。

「ええい放せ！　いい子にしてたらあとでなんでも好きなもの買ってきてやるから！　な!?」

「むう……うるさいなー……」

小雪は目をこすりながら不満そうに言う。

抱き枕のおかげか、また眠くなってきたらしい。

このまま静かに寝かしてやりたいところだが、そうも言っていられない。

（お母さんか朔夜ちゃんが帰ってくるまでに逃げないと、本気で後がない……！）

家族公認の仲とはいえ、さすがにそんな場面を見られるわけにはいかなかった。

直哉はなおも抵抗しようとするのだが、その目論見《もくろみ》は完全に打ち砕かれることとなる。

小雪が『そうだ』とばかりに目を光らせて、直哉の首筋に腕を回す。

そして――。

「うるさい人にはー……んっ」

「っっ……!?!」

あろうことか自分の唇を、直哉の唇に押し付けたのだ。

直哉はその瞬間に凍りつく。

唇の柔らかさも、ゼロ距離にある小雪の閉じた目も、かすかに触れ合った鼻先も、なにもかもが濃厚な現実感とともに脳裏《のうり》に強く刻み付けられた。

時間にしてほんの数秒。

しかし直哉にとっては永劫《えいごう》にも思える時間ののちに――。

「えへへ……ほっぺたじゃなくて唇なんだから……夕菜《ゆうな》ちゃんに勝っちゃった……」

先日、夕菜が直哉の頰にキスするところを、嫉妬《しっと》と羨望《せんぼう》の入り交じる視線で見つめていた。

そのリベンジができて、小雪はご満悦らしい。

そっと唇を離して、いたずらっぽく笑う。

「それじゃ、おやすみー……」

そのままゆっくりと目を閉じると、すぐにすやすやと心地良さそうな寝息を立てる。

直哉は抱きつかれて固まったまま、真っ赤になって呻くしかなかった。

「う、奪われた……!?」

「なうー……？」

そんな直哉のことを、すなぎもは怪訝《けげん》そうな目で見つめていた。


しかし直哉の災難（？）はそればかりではとどまらなかった。

小雪が寝入った後、拘束がゆるんだ隙《すき》を見てそろっとベッドから脱出することはできた。

幸いにして家族の誰《だれ》にも——猫のすなぎもは別として——決定的な場面を目撃されることはなく、その点だけはほっと胸をなで下ろしていた。帰ってきた小雪の母親と看病をバトンタッチして、逃げるようにして家に帰った。

そして休み明けの月曜日、小雪はいつもの待ち合わせ場所にやってきた。

土日で寝て完全復活を遂げたらしく、顔色はすっかりよくなって、目付きもずいぶんしゃきっとしていた。足取りも軽いし、完全にいつもの調子が戻ったようだ。

小雪は直哉を見つけて、ぱっと目を輝かせる。

「おはよう、直哉くん。このまえはお見舞いに来てくれてありがとう」

「……おはよ」

それに、直哉は沈んだ声を返すしかなかった。

額を押さえて呻く直哉に、小雪は首をかしげてみせる。

「あら、どうかしたの？」

「いや、なんでもないよ……風邪はもういいのか？」

「ええ。直哉くんが看病してくれたおかげよ。おかげで寂《さび》しくなかったわ」

小雪は薄くはにかんで、可愛《かわい》いことを言ってくれる。

しかし、それを堪能する余裕は今の直哉には皆無だった。

晴れ渡った空を見上げて、生返事をするしかない。

「おう……どういたしまして」

「なんだかさっきから様子が変だけど……どうしちゃったわけ？　ひょっとして、私が途中で寝ちゃったの怒ってる……？」

「そ、そんなことないって。熱があったんだし仕方ないよ」

「そう？　でも、何の話をしたかもいまいち覚えていないのよねえ。せっかく直哉くんが来てくれたっていうのにもったいないことしちゃったわ……」

小雪はため息をこぼし、口を尖らせる。

その柔らかそうな唇に、直哉の視線は自《おの》ずと吸い寄せられた。

直哉が息を止めたことにも気付かずに、小雪は首をかしげてみせる。

「ねえねえ、直哉くん。昨日の私、なにか変なこととか言ってなかった？」

「いや、別に……」

直哉はかすれた声をこぼし──がっくりと肩を落として言う。

「何も、変なことはなかったよ……うん」

「あら、そう？」

小雪は不思議そうな顔をしつつも、それで納得したらしい。話題はもうすぐやってくる夏休みに移り、楽しそうに予定を語り始める。

小雪はどこまでも自然体だ。

そこには照れ隠しも、虚勢も、何ひとつとして含まれていなかった。

だから直哉は察してしまう。

（お、覚えてねえええええ⁉　マジか⁉　マジかこの子‼　俺にキスしたこと、綺麗《きれい》さっぱり忘れてるんだな⁉）

どうやら風邪で朦朧《もうろう》としていたせいで、記憶が飛んでしまったらしい。

そういうわけで、直哉はしばらく悶々《もんもん》とすることとなり──それが大きな騒動に発展することを、そのときはまだ察することができなかった。

あとがき

どうもお久しぶりです。ふか田《だ》さめたろうこと、さめです。

今回は『やたらと察しのいい俺は、毒舌クーデレ美少女の小さなデレも見逃さずにぐいぐいいく』二巻をお届けいたします。タイトルが相変わらず長い！

こうして続刊を出すことができたのも、ひとえに応援くださった皆様のおかげです。

一巻でプロポーズに近いことをしてしまったので、多くの読者様から「この話、ちゃんと続きが出るのか……？」という戸惑い気味のご感想をたくさんいただいておりましたが、無事に二巻が出せました。本当に読者様、様々です。ありがとうございます！

一巻の時にも書きましたが、この話はさめがWEB上で連載しているものになります。

書籍版は設定や展開にかなりの変更が加わっておりまして、二巻後半は完全に書き下ろしです。WEB小説の書籍化でなぜ半分以上も書き下ろしているのか……さめが書きたくなったからですね。書いていて、たいへん楽しかったです。

WEB版も書籍版も、別世界線としてどちらも楽しんでいただければ幸いです。

とはいえ書籍版最大の特徴は、ふーみ先生のイラストがあることでしょう。

今回の見所は何と言っても水着の小雪《こゆき》だと思います。

ふーみ先生に描いていただくためにプール回を書いたと言っても過言ではありません。たくさん描き下ろしていただいたので本望です。膝枕も最高でした。夏服万歳！

せっかく舞台は夏なので、今後は浴衣の小雪や、夕立でびしょ濡れになった小雪、アイスを食べる小雪などなど、たくさんのサービスシーンをねじ込んでいけたらと思います。

それでは、次は三巻でお目にかかれるように精進いたします。

今回の二巻ラストで起こったハプニングがふたりの仲にどう影響するのか、お楽しみいただければ幸いです。珍しく受難の直哉《なおや》ですが、どうなることやら。

また、柱コメントでも書きましたが、一巻が出てから数多くのファンレターをいただきました。この場でもお礼申し上げます。本当にありがとうございました！

ツイッターなどでいただくご感想も嬉しいものですが、やはりお手紙は格別だなあとしみじみ思います。小雪のイラストを描いてくださる方や、サメのレターセットでお手紙をしたためてくださる方など様々で、何度も読み返しております。

そういうわけで、まだまだファンレターは募集中です。

一言でも嬉しいので、皆様どうぞお気軽にお送りください。

ちなみにファンレターをくださった方には、ここでしか読めない書き下ろしSS小冊子をプレゼントしております。のんびりお待ちいただければ幸いです。

ではではまた激甘のラブコメをお届けできるように頑張ります。さめでした。

ファンレター、作品の
ご感想をお待ちしています

〈あて先〉

〒106－0032
東京都港区六本木2－4－5
SBクリエイティブ(株)
GA文庫編集部 気付

「ふか田さめたろう先生」係
「ふーみ先生」係

本書に関するご意見・ご感想は
右のQRコードよりお寄せください。

※アクセスの際や登録時に発生する通信費等はご負担ください。

https://ga.sbcr.jp/

やたらと察しのいい俺は、毒舌クーデレ美少女の小さなデレも見逃さずにぐいぐいいく 2

発　行　　2020年11月30日　初版第一刷発行
著　者　　ふか田さめたろう
発行人　　小川　淳

発行所　　SBクリエイティブ株式会社
〒106−0032
東京都港区六本木2−4−5
電話　03−5549−1201
03−5549−1167（編集）

装　丁　　AFTERGLOW

印刷・製本　中央精版印刷株式会社

ISBN978-4-8156-0775-3

Printed in Japan　GA文庫

試読版は
こちら!

試読版は
こちら!

試読版は
こちら!